美女は飽きない

林 真理子

マガジンハウス

美女は飽きない

目次

運と縁を猫にまかせて

あの体操…… 10
チョロランマ、攻略！ 15
パーフェクト台湾旅 20
驚異！ 猫シールパワー 25
〝楽しい〟はつくるもの 30
祝！ 猫シールゲット 35
おしゃれの扉 40
〝わたし〟が見てる 45
座して恋はなし！ 50
夏のお嬢さん 55
おしゃれはシビアよ 60
涙の最終手段 65
猫シール続報！ 70
〝魔性〟と〝魔力〟 75
お宝なのよ！ 80
暗黙のルール 85
かわいい〝桜ワイン〟 90
チャンスあり 95
ビューティーウィーク 100
南青山から 105

マリコスタンプ七変化

いっしょに暮らす人　112
美しきかな　117
見慣れたものたちが！　122
〝つき合い始め〟論　127
コート・ハーレム　132
運命共同体　137
昨日と明日が同じなんて　142
〝姉弟子〟に誓う　147
脱・〝着たきり〟スズメ　152
いろんな相続　157
ヘルスメーターの神さま　162
女の子はどうしたら　167
美人の習慣　172
番長の答え　177
マリコスタンプ誕生!?　182
冬ですよ!?　187
ファースト・ペンギン　192
復活！　開運ツアー　197
〝審美女眼〟、あります　202
〝ゆる禅〟、はじめました　207

愛と美と買物の輪舞《ロンド》

〝何か〟が生まれる 214
お願い、〝ヘルスさん〟！ 219
始まりの日 224
あなたもトレンチ？ 229
セレブのハンバーガー 234
2人のおしゃれ番長 239
神さまのエコヒイキ 244
足から、クラゲ!? 249
私の出番よ！ 254
出雲に名医あり 259
イケる！ 乳酸キャベツ 264
〝ヤセ期〟、到来！ 269
女子マネっていうのはね 274
コイケ青年の選択 279
ノースリーブが着たいの 284
そういう生き方 289
麗しの「エリザベート」 294
バッグは生きもの 299
ブーツと桃のハナシ 304
アイラインで激変！ 309

美女は飽きない

イラスト・著者

運と縁を猫にまかせて

あの体操…

今日はとてもよい日であった。

パルコ劇場に、草彅剛クンと香取慎吾クンとが出演する「ｂｕｒｓｔ！〜危険なふたり」を観に行った。

ネタバレになるから詳しいことは言えないが、その面白いことといったら。休憩なしの一時間半があっという間であった。仲よしの彼らは二人芝居をするのが昔からの夢だったそうだ。それを聞いた三谷幸喜さんが書き下ろして演出もしたというからすごい。

パルコ劇場はもちろん満員。すべての日がソールドアウトだというが当然だろう。

二人芝居であるから、セリフの量もハンパではない。ふつうの舞台俳優さんでも大変なことなのに、彼ら二人は超人気者としてレギュラーをこなしながら、この芝居に挑んだのだ。本当にスゴいことだ。

そして楽屋にちょっと寄ったら、香取クンは握手してくれ、草彅クンはハグしてくれたのだ。

ハグですよ！　ハグ！　うれしくってうれしくって、頬がゆるみっぱなしで渋谷の街を歩いて帰ってきた。

毎日、いい男にハグしてもらったら、私だってすごくにこやかないい顔になると思う。が、ふだんの私は、

「いつもブスーッとしている」

と多くの人に言われる。

つまんなそうな、不機嫌極まりない顔をしているそうだ。口角が下がっているからである。トシのせいばかりではない。幼稚園の時の写真を見たら、やはり、フンという感じで口が〝へ〟の字になっていた。

これではいけないと、それなりに努力してきた。犬の散歩をしながら、

「ア・エ・イ・ウ・エ・オ・ア・オ」

と発声練習をしたりする。

ある ヘアメイクさんが言っていたが、舞台女優さんは、口角もきゅっと上がり、法令線も出ないそうだ。顔の筋肉をものすごく使うからだという。

なるほどと思っていたら、朝日新聞にこんな記事が。

「表情筋鍛える『ウンパニ体操』」

だって。

口角を上方に吊り上げる大頬骨筋、口を横に引く笑筋、下唇を下げる下唇下制筋を同時に使うと、とても素敵な笑顔になるとか。

このために「ウンパニ体操」。

まず、目を大きく見開いて、ウーと口をとがらせる。そして目をしっかり閉じ、くしゃっとさせてン〜、次はパッと口を大きく開けてパッと息を吐き出す。最後にニッと笑顔をつくるんだと。

これを毎日二十回すると、とても自然な笑顔がつくれるようになるという。わかりました。やりましょう。

しかも、このイラストの女の人の顔、心なしか私にそっくりなのである。ハタケヤマに見せても、

「確かに似ていますねー」

とのこと。やはり口角が下がる悩みといえば、ハヤシマリコということになるのであろうか……。

よし、私は、これからこの体操をすることにした。しかし悲しいかな、四文字をすぐ忘れるのである。

「カ・ン・パ・ニ」

「ウ・ン・エ・カ」

などとあれこれ考えるが、どうも違うような。筋肉だけでなく、記憶力も衰えたのね。

コピーをして一部を仕事場にも貼っておいた。

「ウ・ン・パ・ニ」

歩いていても、誰も見てなきゃやる。エレベーターの中でもやる。

そうよ、美人に笑顔はつきものではなかろうか。

テレビを見ていると、広瀬すずちゃんとか、有村架純ちゃんの笑顔の愛らしさに目を見張る。歯も綺麗だし、本当にかわゆい。

一方、女優さんでもやや年をとってくると、こんな風な純な笑顔はなかなかつくれない。あたり前のことであるが、口は笑っていても、目が笑っていないのである。とはいうものの、これはこれで迫力があってなかなかカッコいいのではなかろうか。職業的な笑顔なのであるが、プロの笑顔はなんといおうか、やはりオーラにみちているような気がする。笑っていても目を細めない。しっかりと大きく見張ったままパチリ。

私もよくプロのカメラマンに写真を撮ってもらう。そのたびに、

「もっと笑ってください」

と言われるのはつらい。私としては笑っているつもりなのですが。

「好きな男の人がこっち側にいると思って」

と時々言われることがあるが、そんなにカンタンなもんでもないでしょ。うっかり夫を思い浮かべた日には顔がこわばる。

いけない、いけない。さぁ、すっかり憶えた「ウ・ン・パ・ニ体操」。今後の私のポートレイトも変化するはずである。

チョロランマ、攻略！

皆さんに重要なお知らせがあります。

それはこの数年、足を踏み入れることが出来なかった秘境の地、通称チョロランマこと、私のクローゼットを片づけたことである。

まぁ、言いわけをするようであるが、中に巨大な回転ラックを固定してしまったため、これがネックとなっていた。まわすたびに下に着るものが落ちていくのだ。そしてラックにひっかかり、また床にいろんなものが堆積していく……。

おかげで中に入ることがほとんど出来ず、ドアを開けて手が伸びる範囲の使用とな

った。よって、
「あれもあった」
「あれも持っていた」
と思っても、そうしたものは、はるか遠くどこかへ消えていったのである。
が、ここにきて大事件が。寝室のエアコンがこの暑さでぶっこわれてしまった。こ
れはビルトインになっており、本体は私のクローゼットに組み込まれているのである。
「ハヤシさん、電器屋さんが入れないので、どんなことしてもクローゼットを片づけ
てください」
ハタケヤマに言われ、私は決意した。土、日、月と三日間をすべてクローゼットに
捧げたのである。そしていらない洋服を9袋ゴミに出した。捨てるにはもったいない
ものは、ダンボールに入れて山梨のイトコのところへ。
これは自分でも驚いたが、なんとハンガーが二百個以上入っていた。もちろん使っ
ていないやつ。いかにお洋服を買っていたかですね。
ところで私は、いつも不思議に思っていた。
「これだけ買っていて、どうして私には着ていくものがないのか」
今回、その理由が分かった。二年前、私の知らないうちに、お手伝いさんが見るに

見かねて入った。その際、床に積んであるものをダンボールに入れ、片隅に押し込んだのだ。そのダンボールを開けたら、出てくる、出てくる。スカートが十枚近く、そしてシャネルのニットやTシャツといったお宝も。プラダのワンピやジャケットもいっぱい。ジャケットは今年流行のレースではないか。さっそくその夜着て行ったのであるが、なんかしっくりしない。

そう、数年間眠り姫しているうちに、流行からちょっとずれてしまったのである。申しわけないことをした。

タグがついたままのものも、今、眠りから覚めた。その数はかなりのものである。

「私って、本当に衣裳持ちだったのね……」

呆然とする私。こういうものを大切にせず、ちゃんと着なかったために、私はいつまでたっても、おしゃれがイマイチ。まわりの友人たちのようなコーディネイトの才能もない……。

そういえば先週のことであるが、友人の家のバーベキューパーティーに呼ばれた。私は当然すごく食べるつもりで、Tシャツに黒いスカートにした。もっと頑張ってもよかったのであるが、肉汁がついたらイヤだなーと思い、黒い木綿のどうということのないスカート、そして日に焼けないために、薄いカーディガンを羽織った。

そうして行ったらびっくりした。私は、戸外のラフなバーベキューという認識であったが、女性たちにとってはセレブの集まるパーティーだったのだ。白いチュチュスカートや、ジバンシィのドレス、そうでなかったらプラダの柄のパンツなど、私はいつのまにか、

「ごめんなさい……。こんな格好で……」

という感じに。

色気より食い気をいつも優先させる私は、本当におしゃれからほど遠い女だとつくづく思う。

ところでクローゼットの引き出しから思わぬものが出てきた。そう、シルクのナイティである。白のパジャマに、ものすごいピンクのふりふりのネグリジェがある。

「どうしてこんなものがあるのか」

首をひねった。絶対に私の趣味ではない。そして思いあたった。二十年以上前、私が結婚した時のプレゼントだったのであろう。新婚の妻にふさわしいと思い、こんなピンクのレースとフリルのネグリジェをくれたんだ。

ゴミ箱に入れようかと思ったが、高そうだし、せっかくのプレゼントだから着てみることにした。その夜、お風呂上がりにピンクのネグリジェをまとったら、プーッと

自分で噴き出した。

世の中にこれほど似合わないものがあるだろうか。いや、似合わない、なんてもんじゃない。なんか悪ふざけをしているとしか思えないのだ。

試しに夫に見せたら、しばらく沈黙ののち、

「女装したヒトみたいだ」

だって。

ひどいですね。女装趣味のおっさんが、エリザベス（注・女装趣味者のための衣裳店）かどこかで借りてきたということであろうか。とりあえず、あと十年は大丈夫というぐらいの服が出てきた。しかし私はやはり買い続けるであろう。またすぐになくすし。

パーフェクト台湾旅

いつもの仲よし三人組、ホリキさんと中井美穂ちゃんとで、台湾に行ってきた。美食と癒やしの旅である。

ホリキさんが言うには、最近女性誌で台湾は大人気だという。中国は、どこも大都市になり過ぎた。そこへいくと、台湾は古い商店街がいっぱい残っていて、とても楽しいんだそうだ。

台湾といえばまずは小籠包《ショーロンポー》。有名な老舗はすごい行列であった。ふはふは言いながら、ふかしたてをいただく。お餅もおいしい。

おやつのお汁粉、夜のビーフン……。

そして私は気づいた。

台湾って粉文化の国なんだ。

二泊三日で一日めの朝食はホテルで台湾粥やホットケーキを食べ、二日めは地元の人が行くちょっとディープなごはん屋さん。〃油条〃といって揚げた小麦粉、焼いた餅のサンドウィッチを食べる。

が、私たちには心強い味方が。

台湾に行く前の夜、美穂ちゃんは私も知っている女医さんと食事をした。その際、女医さんは、

「台湾でどうせ食べまくるんでしょうから」

いいサプリメントをあげると約束してくださったというのだ。そして朝の七時半にもかかわらず、羽田にちゃんと持ってきてくれた。糖分を尿に流すという画期的なものと、朝、六粒飲めばカロリーが半減するというもの。このサプリを朝、みんなで飲んでいざ、レストランへ。

どのお店も安くておいしい。お腹がぱんぱんになって帰ってきても、まだ次のスケジュールが待っている。夜の十時から近くの足裏エステを予約しているのだ。

私と美穂ちゃんは、足裏をもまれるのは痛くて苦手なので、全身オイルマッサージ

にしてもらった。二時間八千円の安いところで、着替えはシャビィなパジャマのようなもの。しかも同じ部屋であったが、技術は確かであった。

次の日は、台湾式ヘッドスパに挑戦。台湾式は座ったままマッサージをしてくれるうえに、シャンプーもそのまんま。とても粘度がある液を使うらしい。これがすごく面白くて、泡立った髪をピーンと一直線に立ててくれる。美穂ちゃんの髪はハート形にしてくれた。私たちは大喜びで、キャーキャー言いながらスマホで撮り合った。

お店の人の話によると、このお店はすごく日本人客が多く、みんな必ずシャンプーした自分を撮影するそうである。

ところで台湾に来る前に、ホリキさんに言われた。

「台湾は買物するとこ、あるにはあるけど、こんな円安の時だから、しても仕方ないと思うわよ」

私もそのつもりだったのであるが、ホテルの地下は、ブランドストリートではないか。

毎年、香港で買いまくっている私たち三人が、じっとしていられるはずはない。

「ちょっと見るだけ」

ということでシャネルに入ったら、ものすごく広い。ここでとても可愛いサンダルを発見。店員さんに聞いたら、なんと台湾オリジナルということであった。

「へぇー、台湾オリジナルなんてあったんだ……」

と、おしゃれ番長のホリキさんもちょっと驚いていた。世界中のブランド店情報を持つ彼女は、即座にいろいろ判断してくれた。

「値段は日本で買うのと変わらない。だけど小物がとても充実してる。こんなブローチ類は、日本ではなかなかないわよ」

ということで、布でつくったブローチと、夏用のシンプルなネックレスを買った。サンダルは美穂ちゃんがお買上げ。足の小さい人は本当に羨ましいです。

そうそう、早くも羽田の免税シャネルで、ホリキさんはシャネルのビーサンを買っていたっけ。ビーサンとはとても思えないような値段であったが、よーく見ると、鼻緒のところに小さなシャネルマークがある。こういうのをおしゃれな人がさりげなく履いているのは本当にカッコいい。

そう、そう、おしゃれな人たちと旅行すると、ものすごい勉強になる。ホリキさんも美穂ちゃんも、たった三日間の旅であるが大きなスーツケースを持ってきて、毎日どころか朝と夕で着替える。靴やアクセも毎日違う。私みたいに白いスニーカー一本やりは大反省。

ホリキさんは、細いクロスに、小さな小さなパールネックレスを二重かけしていた。私もパールは大好きでよくしているが、夏はどうも暑苦しい。だけどこんな米粒の半分ぐらいのパールだと、涼し気で本当に可愛い。いいな、いいなと私が誉めたら、なんと同じようなものを、ホリキさんが見つけてくれた。日本円にして二万円ぐらい。

次の日、さっそくつけたら、ホリキさんはシャネルの長く垂らすパールをつけていた。

こうして後で写真を見ると、ファッションでもいつも差をつけられている私である。ところで体重、全く増えてなかった!

驚異！　猫シールパワー

女性誌をぱらぱらめくっていたら、脚本家の大石静さんのエッセイが目にとまった。
それを読み始めて一分後、私は〝おぉ〟と感嘆と驚きの声をもらしていた。
大石さんのエッセイはこうだ。
仲のいいショップの店員さんが嘆いていた。同棲して二年になる彼が、何もしてくれなくなったというのだ。やがて店員さんはネットで、男の人をそういう風にさせるフレグランスを見つけた。それは確かな効果があり、彼女と彼との仲は、とてもうまくいくようになったそうだ。

それを聞いた大石さんは、若い友人のためにさっそく三本注文した。四千円というリーズナブルな値段だったそうだ。すると三本のフレグランスに、シールが一枚ついていた。この時は気にもとめなかったのであるが、ある日何の気なしに、手帳に貼りつけてみた。

「そうしたら、不思議な出来ごとが次々と起こるようになったんだそうだ。

元カレから連絡があり、会いたいと言ってきた。そしてきわめつきは、長いこと友人として食事をする仲だった男性から、飲みに行った後キスを迫られたそうだ。モテたことがない私が、こんなことは初めてと大石さんは書いている。

私は即座にメールをうった。

「すぐにシールをカラーコピーして送ってくださーい」

親切な大石さんは、次の日すぐに封筒で送ってくれ、私はそれを手帳にぺったり貼りつけた。

そして二日後、大石さんに会う用事があったのでお茶を飲みながら詳しく聞いたところ、

「本当にびっくりするようなことばっかり起こったの」

ということである。

大石さんは小柄なキュートな女性であるが、年齢は見た目よりかなりいってる。おまけにヒトヅマである。

その彼女が、

「モテて、モテて……」

というのだからただごとではない。私は自分の手帳を取り出し、あのシールをそっと撫でた。「招き恋猫」とあるそのシールは、はっきり言ってダサい。ふつうならすぐに捨ててもおかしくない、おまけのシールである。

「それなのに、どういうわけか私の机の上にいつまでもあるの。ふと見ると、この猫のシールが目につくところにあるのよ。とっとこうと思ったこともないのに」

それで手帳に貼ったところ、今回の出来ごとである。大石さんは、こんなにムダにモテても仕方ないので、手帳のページを切り取って若い人に譲りたいという。

「私にちょうだい」

という言葉を必死におさえた私である。

さて、その日の夕方は、池袋のリブロで私のサイン会があった。『美女千里を走る』です。皆さん、買ってくださいね。

そのサイン会の後、みんなで青山の「ドンチッチョ」で遅い夕飯をとった。私が猫のシールを見せびらかしたら、テツオにせせら笑われた。

「カラーコピーなんて、何の役にも立たないよ。バッカみたい」

あ、そうなの。しかし私は招き猫シールの霊力を信じているの。

やがて食事が終わり、テツオが送ってくれることになった。私は少しドキドキした。なぜなら、大石さんは長年の男友だちが、猫シールを手にしたとたん、急に迫ってきたというではないか。テツオがもしそんなことをしたらどうしよう……。長い友情を壊したくないし……とあれこれ考えたが、どうということもなかった。

そして次の日、私のケイタイにメールが。前のアンアンの担当、独身ハッチからである。

「昨日のハヤシさん、白いスニーカーがとても可愛かったです。来月にでも、ハヤシさんを囲んで僕ら男子会をしたいんですが」

何よ、これ。猫シールのご利益ってこれなの?!　あまりにも淋しいじゃないの。やっぱりあれって効かなかったのでは。

だが、話はそれだけで終わらない。おととい、うちでバイトをしてくれている、学生のA子ちゃんがやってきた。お茶を飲んでたら、

「ハヤシさん。私、最近彼と別れたんですよ。突然うまくいかなくなって」

と悲しげだ。私はさっそく猫シールを見せた。

「これ、ものすごい力があるみたい。私はこの夏、これに賭けてみる。コピーだけど」

そうしたらA子ちゃんはえーっと叫んだ。

「ハヤシさん、私、これ持ってました。そして捨てたばっかりです」

ネットで買う気に入りの化粧品に、一枚パラリとついてきたそうだ。

「バカね。何で捨てたのよ。すぐに拾ってきなさい」

「ムリです。もうゴミの日に出しました」

それでA子ちゃんは私の指示どおり、化粧品を注文してくれた。そしてシールを必ずつけてくれとお客さま係に電話したのだ。

「ハヤシさん、だけどずうーっとお話し中です」

マズい。この猫シールのこと、世間が知り始めている。

〝楽しい〟はつくるもの

ものすごい夏風邪をひいてしまった。

頭は痛いし、吐き気はするし、体はだるい。起き上がることも出来ず、ベッドでのたうちまわっていた。

いつもは炭水化物を食べないようにしている私であるが、弱った時というのはお米しか受けつけない。やはり日本人。家族が食べ終わった後、階下に降りていったが、おかずは食べる気しない。ふらふらと冷蔵庫を開けたら、弁当用のいなり寿司の油揚げパックがあるではないか。炊飯器の中の、残りのご飯はまだ温かかったので、寿司酢をふりかけ、急きょおいなりさんをつくった。そのおいしいことといったら。

次の日は、夜セットしておいて、朝おかゆをたいた。そして卵焼き、梅干し、つくだ煮をちまちま並べて、二杯おかわりした。涙が出るぐらいおいしかった。

それなのに、それなのにですよ。体重は三日間で二キロ減っているではないか。びっくり！

土曜日から寝ついたが、火曜日に対談の仕事があったので、ちゃんと着替えお化粧をした。そうしたらジャケットがゆるくなって、ラインがすごく綺麗に出る。きまってる（私としては）。

そうでなくても、このところ急におしゃれになったと評判の私である。

そう、長年足を踏み入れることが出来なかった〝チョロランマ〟こと、クローゼットを片づけたことが大きい。夏の白いスカートなんか何枚も出てきたし、それに合うトップスも一目で選ぶことが出来るようになったからである。

ついでに着物の〝断捨離〟もしたからすごい。このあいだトチ狂って、何枚もつくってしまったことをきっかけに、ハタケヤマに頼んだ。

「アルバムにシール貼っていくから、これはイトコの娘の○○ちゃん、これは弟の嫁の○○さんにね」

古い着物なんか、どんなに高くたって業者に売れば二束三文。涙が出るような値段らしい。それならば身内に大切に着てもらった方がずっといい。

ハタケヤマはすべての着物と帯の写真を撮り、番号をつけてアルバムにしてくれている。だからこれに付箋をばんばん貼っていったワケ。

洋服も着物もこうしてすっきりさせ、真夏を迎えましょう。

話がそれたが、このあいだある集まりがあり、夜みんなでお酒を飲んでいたら、ホリエモンが、突然、

「ジンロウゲームをやろう」

と言い出した。そしてゲームグッズを取り出したのだ。人狼と書く。七、八人でまずカードをひくと、中に二枚の〝人狼〟が入っている。質問したり、推理したりしながら、人狼が誰かあてていくゲームだ。これはルールがむずかしいうえに、心理を読んだり統計学も駆使しなくてはならない。

ホリエモンやカツマカズヨさんは、ハマりにハマり、愛好会に入っているそうだ。

「この人狼ゲーム、劇にもなっていてすごく面白いよ。一度見に行ったら」

とホリエモンが勧めてくれるので、おととい、池袋の小劇場に行ってみた。若いお客で八十人ぐらいの劇場は満席である。

舞台に出ている人が、投票して多数決で「人狼」と見なされた人は処刑されて死ん

でいく。つまり、ゲームオーバーだ。しかしその人は人間だったりする。十三人の若い男女が出てきて、誰が人狼かを客席の人も一緒に考えるという仕掛けである。人狼だと思った人が、実は人間だったとわかると、客席からおおっとどよめきが起こりみんな一緒に大興奮。そして人々の中にまだ残っている人狼がいて、夜の間に人間を食べ殺していくというワケ。

セリフはアドリブで、役者さんたちが舞台の上で推理していくのであるが、これはじっと聞いていてもかなりむずかしい。なぜなら、人狼を選ぶ時、怪しい人は誰に票を入れたかちゃんと憶えていなくてはならないからだ。

「これはかなり頭がよくなきゃ参加出来ないゲームだね」

私は一緒に行った友人に言った。

「だからホリエモンとか、カツマさんみたいに頭がいい人たちがハマってくんだね」

が、こんなゲームやお芝居があるというのは、大きな発見であった。若い人は面白いものになんて貪欲なんだろう。

そして昨夜、小山薫堂さんに誘われ、東京でいちばん話題のレストランへ。ここは薫堂さんとフレンチのスターシェフがつくったもので、電話番号も非公開のうえ、入り口がわからないようになっている。まずは通りに面した小さなコーヒースタンドに

〝コンニチワ〟と入り、左手の壁をぐっと押す。するとレストランの入り口が現れる仕掛けだ。

中はおしゃれな人ばっかり。知り合いが女友だちを集めて誕生日会をしていた。みんな素敵なドレスで、シャンパンをがんがん飲んでる。

こういうのもいいな。人って楽しむことになんて一生懸命なんだろ。もちろん私も。おしゃれしてこれからも頑張るつもりです。

祝！　猫シールゲット

A子ちゃんが、ついに招き猫シールを手に入れてくれた。

通販の化粧品会社に商品を頼み（これは私が購入）、その際、お客さまセンターの人に、

「猫シール、いっぱいくださいね」

と頼んだところ、五枚中に入っていたのだ！

私はさっそく一枚を彼女にあげた。しかし、まだ四枚残っている。

うれしいな、うれしいな。

脚本家の大石静さんいわく、

「こわいぐらいモテるようになる」

恋のお守りシールである。

四枚のうち、一枚は私の手帳にしっかりと貼った。

残りは三枚。これは私に親切にしてくれた人にあげましょう。

次の日、BSのとある番組の撮影があった。打ち合わせの時、プロデューサーの女性が、私に一冊の本を持ってきた。昔、私が書いた本である。

「私、ずうーっと、ハヤシさんのファンなんです。今日、会えて本当にうれしいんです。これにサインしていただけませんかね」

こういうのに、私はとても弱い。見たところ四十をちょっといったかなァ、という感じ。

「失礼ですけど、結婚していますか」

思わず聞いた。

「恋人はいますが、何か?」

「よかったら、これをさしあげましょう。恋がかなう不思議なお守りシールです」

彼女は思いのほか喜んだ。

「ハヤシさん、彼との今後、ちゃんとご報告しますからねッ」

彼女の傍には、女子アナの人も座っていた。彼女も興味しんしん。欲しそうにしている。あげなきゃ悪いだろうか。しかし、女子アナですよ、女子アナ。まだ若くて可愛い。世の中でいちばんモテる人種に、どうしてこの大切なシールをあげられよう。

「悪いけど、あなたにはあげない」

私は冷たく言いはなった。

そしてそれからちょっとボランティア関係の会議に出た。ここの事務局のB子さんもかなりの年増。だけど結婚の夢は捨ててないんだそうだ。

「B子さん、あなたは私にもうじき、すごく感謝すると思うわよ」

「えっ、何ですか」

「あなたに魔法をかけましょう」

そして手渡した招き猫シール。

残りは一枚になった。誰にあげようかな。そう、私にうんと親切にしてくれた人にしよう。

次の日、着物雑誌の編集者が打ち合わせにやってきた。次のグラビアで着物を着て撮影するのだ。最近、私が買ったものを見て、若い編集者が感嘆の声をあげた。

「まぁ、なんて素敵なんでしょう。こんなスワトウの帯、初めて見ました」

そう、ハンカチでよく見るスワトウが帯になっているんですね。

「着物好きの女の作家って、私が最後かもしれないわね。その前には、宮尾登美子先生とか、佐藤愛子先生がいらっしゃるけど、この頃の若い人はまず着ないし」

「そうですよ、ハヤシさんぐらいですよ。こうしてご自分の着物で、グラビアに出てくださるの」

「そうねぇ……」

すっかり気をよくした私。その後、彼女はすんばらしい言葉を発したのである。

「そもそも、ファッション誌に出る女の作家って、ハヤシさんぐらいですものね」

ま、なんていいこと言うんでしょう。

「そんなことないわよ。この頃は若くておしゃれな作家さんも多いし」

と私は一応ケンソンしたんだけど、

「いいえ、巻頭グラビア飾れるのはハヤシさんぐらいですよ」

と彼女の言葉にすっかり嬉しくなりましたよ。

そしてついフラフラと恋の猫シールを渡そうとしたが思いとどまった。なぜなら彼女も若くて美人。こういうの必要じゃなさそうですもん。

しかし彼女の言葉はどれほど励みになったことであろうか。

「ファッション誌に出るの、ハヤシさんぐらい」

頑張らなくては。おしゃれでカッコよい女性にならなくては。この頃私は、出かける時に本当にお洋服を考えるようになった。ファッション誌を見ては、コーディネイトをあれこれ頭の中で組み立てる。

ちょっぴり痩せたこともあり、ファストファッションもがんがん着られる。こういうもので冒険しなさいと、スタイリストさんの本にも書いてあった。ということで、エステに行ったついでにZARAでガウチョパンツを購入。白のガウチョは、足もとを軽くしなくっちゃね。が、大足の私にとって夏は鬼門。サンダルが痛くて、履くのがつらいのだ。

しかしこのあいだ台湾で、ビルケンシュトックを二足買ってきた。あれで足元を整え、トップスは濃いめのマリーンでまとめるつもり。

なんか女力アップ。そうよ、そういえば、クロワッサンで「美肌の秘密」のグラビアも頼まれてるんだわ。恋の猫シールのご利益は近い。

おしゃれの扉

クロワッサンのグラビアに出ることになった。

秘書のハタケヤマが言う。

「八月の終わり頃発売なので、盛夏が過ぎた頃の服にしてほしいそうです」

こういうの、本当にむずかしいです。微妙な色合いで秋を演出しろということか。

私はメディアに出る時、基本的にスタイリストをつけない。借りる服のサイズがないということもあるが、お洋服をあれこれ考えるのがとても好きなの。たとえセンスがイマイチとか、アクセがおかしいと言われても、これを含めての私。芸能人ではないんだから、上から下までを人に任せることはないと思う。

なんてエラそうなことを言っているが、もっと痩せたら、やっぱり一流のスタイリストの人に頼みたいのも本音。ハイブランドのお洋服や、流行のものをうんとカッコよく着たいと思う私である。

ここのところ、少しずつダイエットがうまくいっている。ホント。今まで痩せる、リバウンドの繰り返しであったが、今度はもうそんなことにはならない。なぜなら、朝、ものすごく食べるから。まずヨーグルトに果物いっぱい入れて、その後はご飯を一膳におかずや梅干し、つくだ煮あれこれ。そしてデザートは、もらいもののお菓子やおせんべい。これをワイドショー見ながらゆっくり食べるのが私の至福の時なの。

私がいろいろ相談しているドクターは言う。

「炭水化物を徹底的に抜くと、痩せるのは早いけどリバウンドもあっという間。あんなの長く続かないでしょ」

本当にそうです……。

「朝はね、体を燃やすための火種がなきゃいけないの。そのためにも炭水化物や甘いものを摂らなきゃ」

ということで、朝は好き放題食べる。その分、昼はほんのちょっぴり。夜うちにいる時はおかずをちょっぴり。会食の時は主食やデザートを抜かす。そうしたらじわじわと痩せてきてリバウンドもない。

今年は毎晩ダンベルに精を出した成果もあり、太いは太いなりに二の腕を出せるようになった。こうなったら浮かれて洋服を買いに行きたいところであるがじっと我慢。そう、私は今あるお洋服を大切に着ることに決めたのだ。

このあいだ大片づけしたクローゼットに入ってみた。するといろんなお洋服が、

「私を着て」

「私のこと、忘れないでね」

と口々に言い出したのである。

薄い黒のジョーゼットのブラウス、プラダの幾何学模様のブラウス、ジル サンダーの白コットンシャツ。みなさん、初めておめにかかるような……。

「こんな素敵なの、あったのね」

ジョーゼットのブラウスを羽織ってみたら、ぴったりではないか。プラダの幾何学は今年もキテる。パーティーでおしゃれな人が二人着てたっけ……。

こうしてあれこれ着て考えたのは、白いパフスリーブのジョーゼットにしようということ。下に着るのは、このあいだ無印良品で買ったブラパッドつきタンクトップ。黒でこれを持っていると本当に便利ですね。夏の透けものはたいていOKだ。

そして鏡の前で着てみると、なかなかいい感じ。アクセはシャネルのパールがまばらについた長いネックレスにした。これは先日行った台湾で買ったもの。どこへ行っても誉められる。

そしてスカートも可愛いの発見。ビジューがついているのが、きちんとクリーニングの袋に入ったままあった。このスカートと白いブラウスで、クロワッサンの対談にのぞんだ。相手は女優さんで、ヘアメイクさんはもちろんスタイリストさんもいた。私の場合はヘアメイクさんだけなので、なんとはなしに編集者やライターさんがめんどうをみてくれることになっている。

この時の編集者は、以前アンアンで私の担当であったA子さんである。マガジンハウスの女性編集者だから、当然ものすごくおしゃれ。

彼女は私のシフォンのブラウスのボウを、しっかりと蝶々結びにした。その時、アレッと思った私。こういうボウって、きちっと結ぶよりも、力なく垂らした方がいいような気がするんだけど……。

その時、

「ちょっといいですか？」

女優さんの方のスタイリストさんが、私の方に近づいてきた。きっと見るに見かねたのであろう。ボウをほどいて、やっぱりくたっと垂らした。

「ネックレスもちょっと長過ぎるから短くしましょう。後ろで安全ピンでとめますね」

なんて親切なんだろう。この人にいじってもらっただけで、私の格好は格段に素敵になったのである。さすがプロ。

もう少し痩せたら、本当にスタイリストさん、お願いしますよ。私、ヴァレンティノのワンピなんか着てみたいです。

〝わたし〟が見てる

真夏に向けて、私は大きなミッションを自分に課した。それは、

「ノースリーブOKになる」

ということである。

今まではノースリーブのワンピを着ても、二の腕が気になって、ショールで隠したりした。でもあれって、いかにもおばさんぽい。一方、私の友人には、ジムに通って筋肉りゅうりゅうの腕を持つ人も何人かいる。本人はそれが自慢らしく、冬でもノースリーブになったりするけれど、あれはおじさんぽい。

私は適度にひき締まった二の腕になりたいと、トレーニングに励むようになった。

飽きるまではかなりやる凝り性の私。テレビの前に二キロと五百グラムのダンベルを置いてヒマさえあれば動かすようにしている。

女性週刊誌を見ていたら、ぜい肉をもむのもすごく効果があるそうだ。そんなわけで、俗に〝ふり袖〟と呼ばれる部分を外側に向けてもむ。自分でもイヤになるぐらいやわらかく、たぷたぷしている。

「無くなれ、無くなれ」

と心を込めて強くもむ。何でこれしきの肉、消えないんだ!!

その後ダンベルを使い、いろんな動きをするわけであるが、一ヶ月たってもあまり効果が出ないような気がする。

「どうしてかしらね。こんなに一生懸命やってるのに」

と、週に一回うちに来てくれるストレッチのインストラクターに言ったところ、

「ハヤシさん、二の腕を固定しなきゃ」

と指摘された。ダンベルを頭の後ろから振りおろす時、私の二の腕も一緒に動いている。これでは全く何の意味もないというのだ。

インストラクターの彼女が、二の腕を支えてくれ、同じ動作をした。すると肝心なところがブルブル震えてくるではないか。

そうか、やっぱり専門家にちゃんと聞いてみるもんですね。つくづく思った私。ところでダイエットが少しずつうまくいったのを機に、ブラを全部買い換えた。これについては、反省することも大きい。

ミス・ユニバースをモデルにした小説を連載していたのだが、もうじき一冊の本になることになった。ゲラを読み返しているうちに、面白いシーンが何度も出てきた。自分で書いていて、面白いというのはどうかと思うのであるが、これは取材して知り得た事実が面白かった、という風にとらえていただきたい。

日本から世界一の美女を出した、ミス・ユニバース・ジャパンのナショナルディレクター、イネスさんのことはご存知であろう。彼女にもお会いしいろいろ取材したが、ものすごくパワフルで魅力的な女性であった。

コンテストのファイナリストたちは応募してくる人ばかりではない。表参道や銀座で、イネスさん自身がスカウトしてくるケースもあるのだ。そして事務所にやってきた彼女たちに、イネスさんは命じる、

「服を脱いで頂戴」

裸を見るためではない。下着を見るためなのだ。ブラとショーツがバラバラだったりすると、〝もう信じられない〟と怒った。

ショーツのゴムのところを指ではじいて、ちょっとでもゆるんでいるとやっぱり怒った。洗たくしてダメージを受けたものはすぐに捨てなさいということなのだ。

この箇所を読んでいて、私は顔が赤くなりました。洗たくし過ぎて、レースのいたんでるものを平気で身につけているかもしれない。

ということで、ブラを総とっかえしたわけである。私は昔からインポートものを身につけているが、この頃実用を重視したものが多く、繊細なヨーロッパものは敬遠していた。が、イネスさんは言う。

「誰も見てなくても、誰もいなくても、あなたが見てるでしょう」

そう、そうですよね。

先日、みんなでごはんを食べたら、友人のボートネックからブラひもがのぞいていた。見せブラではなく、あくまでも〝見えちゃったブラ〟。それが薄汚くてびっくりした。もしかしたらそういう色なのかと目を凝らしたが、やっぱりババっちい。それからずっと落ち着かなかった。同性として注意すべきだったでしょうか。

そう、そう、ブラひもが見える以外に、「谷間が見える」というのも評価が分かれるところ。私の知っているある女性は、小柄なのにわりと胸が開いたトップスを着ている。彼女は礼儀正しく、パーティーの時などにみんなにお辞儀をする。そうすると誰でも、彼女の胸の谷間とブラの上の方を目にすることになるのだ。

これは戦略的にやっているんだろうか。それとも無意識にやっているんだろうか。もし戦略的にやっているのなら、それはそれで効果があるかもしれない。

いずれにしても、ブラは女の宝石箱。大切なものをきちんとしまう場所。だからこそレースもいっぱいついてる。私は洗たく機を使ったことがない。いつも手で丁寧に洗う。だからものすごく洗たく物がたまりますけどね。

座して恋はなし！

私ぐらい「世のため、人のため」に生きている女はいないと思う。

私はいろんな人から頼まれる。

「結婚したいけど、誰かいい人いないかしら」

「誰か、紹介して。お願い」

私は友人たちのために努力を惜しまない。忙しいけどちゃんと二人をひき合わせて、食事を一緒にすることがしょっちゅう。

私の仲よしの男友だちA氏は、四十代後半のバツイチの大金持ちだ。というと、ギラギラしたおじさんをイメージするかもしれないが、本人は体育会系の大男。ジャイアンそっくり、と言えばわかってくれるかもしれない。

彼は旅行が趣味で、南極や中東や、いろんなところに行っては写メを送ってくれる。

「五ツ星ホテルに泊まったけど、スイートルームにいつもひとりぼっちなのは淋しい。ホントに誰かいませんかねー」

思いあまって、結婚相談所に行ったそうだ。

ちなみに彼は若いコが好きなので、

「二十代希望」

と書いた。年収のところで、本当は数億円あるのだがひかえめに「三千万円」と書いた。しかし相談所の人は、見かけガテン系のジャイアンを見て、

「ふざけないでください」

と全く相手にしなかったという。

とはいうものの、お金もあるのでそこそこモテる。スポーツインストラクターとか、歯科衛生士のかわいいコとつき合っていたのは知っている。が、彼女たちは途中で、

「バーキン欲しい」

「海外旅行連れてって」

とか必ず言い出すんだそうだ。すると彼は「ふざけるな」とキレる。

「金がめあてだと思うと腹が立つ」

私は言う。

「お金めあてじゃなかったらナンなのよ？　お金なかったら、若いコがあなたのところに近づいてくるはずないでしょう」

「ひどーい」

とその時は怒るが、しみじみと私に訴える。

「お願いしますよ。子どもたちも独立して僕はひとり。本気で結婚したいんです」

一方、某有名ブランドショップに勤めるB子さんは三十代後半。長いつき合いである。彼女も言う。

「ハヤシさん、私、本当に結婚したいんです。このままでは四十になってしまう」

どうやら彼女は、かなり続いた年下の彼がいたらしいがうまくいかず、気づいたら「アレーー！」ということになってしまったようだ。

幸いなことにB子さんは美人である。きゃしゃな体つきに、少女漫画に出てくるようなおメメぱっちりの顔。私はずっと二十代後半か三十代前半だとばかり思っていたので、彼女の実年齢を聞いてびっくりしたぐらいだ。

私はA氏とB子さんとをひき合わせることにした。彼女の職場にA氏を連れていき、買物をしたのだ。

ここのお店は高級なので、二階の売場は人がおらずソファが置いてある。私とA氏はそこに座り、品物をゆっくりと選んだ。何気に、

「B子さんって独身なのよ。キレイでしょう」

とA氏に言ったところ、

「本当ですね」

と、気があるのかないのか、よくわからない返答。

「今度三人でご飯を食べましょうね」

と私は言ったが、このために私は十二万円もするカットソーを買うことになりましたよ。別にA氏が買ってくれるわけでもない。高級ブティックに長居して、何も買わずに帰るわけにいかないからだ。

それなのにA氏はそこで、彼女と具体的な日時を約束したわけではない。いつものように、お節介な私が散財して、この件は終わるかと思った三ヶ月後、B子さんからメールが。

「Aさんとお食事する話、いったいどうなってますでしょうか。いきなり二人は恥ずかしいですが、ハヤシさんと三人でお食事したいです」

このことをA氏に伝えたら大喜び。彼はメがないものと思い込んでいたらしい。そして先週ご飯を食べた。ホテルの中の高級日本料理店。A氏は個室をとっていた。そこに誰よりも早めに来ていたB子さん。ピンク色の透けるチュニックが、色白の彼女にとてもよく似合っていた。さすがファッションブランドに勤めるだけあって、自分の魅力をよく知っている。白いパンツと合わせて、イノセントな雰囲気をかもし出している。

私はお約束どおり途中で帰ったのだが、夜中にA氏とB子さんからのメールがほぼ同時にきた。

「いま、ホテルのバーで飲んで別れました。B子さん素敵でびっくり。素敵すぎます」

「Aさん、本当にやさしい方ですね」

そして二人は五日後にデイトをし、夏休みにどこかへ行く計画をたてたらしい。

B子さんの一本のメールが、事態を大きく動かした。勇気を出さなくては、何も始まらないという好例だ。どうか幸せになって。私はB子さんのように行動する人が大好き。

夏のお嬢さん

この頃、ダイエットがすごーくうまくいっている。

それは朝食に好きなものを好き放題食べられることが大きい。まずはもらいものの果物をたっぷり入れたヨーグルト、そのあとは冷凍してあるご飯をチンして、タラコや玉子焼き、海苔で食べる。これでもうお腹いっぱいなのであるが、仕方なくコーヒーと一緒に、うちにあるクッキーやおまんじゅうなど甘いものを口に入れる。

なぜなら、

「脂肪を燃やすためには、種火となるものを朝食べないといけない」

というドクターの教えに基づいているのだ。

その代わり、ものすごくまずい漢方薬を自分で煎じて朝、昼、晩と飲む。このおかげで、食欲がぐっと減退。昼間はトマトをちょっと食べるぐらい。夜の会食も、コースを最後まで食べるのが本当にきつくなった。もちろんパンや、ご飯、デザート類はパスする。

こうしているうちに、体重はどんどん減って春から六キロぐらいダウン。お洋服はどんどん守備範囲が拡がった。何度もお話ししているとおり、クローゼットを整理した結果、二、三年前のもう忘れかけていたものが、いっきにあらわになった。そして、

「私を着て」

と言い出したのだ。おかげでものすごい衣裳持ちになった。とはいうものの、やはり新しいものは着たいですね。ということでショップへ。しかし前よりもずっと心に余裕が出来たせいか、前のようには買わなくなった。

そしてプラダのバーゲンで、私が見つけたのがドット柄のワンピ。紺に白で、ウエスト、スカートの上、裾で、微妙に水玉の大きさが違う。ウエストがギャザーになっていて、スカートはフレア。すっごく可愛い！　しかし、あまりにも可愛すぎやしないだろうか。デザインだけ見れば、十代の女の子のアイテムだ。

そして試着室で着てみたら、すごく似合う（ような気がする）。さすがオトナ可愛

いプラダ。袖や衿ぐりの感じが、大人の女性をちゃんと計算しているのである。

私はいつも不思議に思うのだが、シャネルやプラダ、ルイ・ヴィトンは、ものすごく可愛いものが揃っている。どう見ても若い女の子が着るものだ。しかしお値段は、どう考えても彼女たちには買えないもんでしょ。だったら、誰が買うのだろう、誰が着るのだろうといつも考えるのであるが、巷《ちまた》で見るとわりとトシいった女性たちが着ていて結構似合うのである。これがハイブランドのマジックというものであろう。

私はさっそくそのワンピを着た。まず一回めはうちの中で。そうしたら娘が、

「おばさんがそんなの着るなんて、イタすぎる」

だって。

「絶対に外、着てくのやめた方がいい」

とまで言われてしまった。しかし私は着た。今度は秘書のハタケヤマに見せた。そうしたら、

「思ってたよりヘンじゃないですよ」

というビミョウな言葉。が、その後、

「いや、ハヤシさん。意外と似合ってるかもしれません」

これに自信をもって今度は外に。このワンピに合わせて、白いサンダル（昔のフェ

ラガモ製。これも靴棚から最近発見）に、籐のバッグを合わせた。そしてエステサロンに行ったところ、

「ハヤシさん、〝夏のお嬢さん〟みたいで、すっごく可愛い。ステキ」

と大絶賛をあびたのである。ここでいっきに強気になり、某企業で行われたエンジン01の会議に参加。が、ここに大きな落とし穴があったのだ。

シルク化繊の、ものすごく軽い生地。しかもフレアだ。行ったところはビル風がすごい。タクシーを降りたら、スカートがパーッとまくれ上がってしまうのだ。おばさんがパンツ見せたらまずいでしょ。私は必死でスカートを押さえて、走ってビルの中に入った。

困ったのは帰り。風はますますひどくなってる。私は会議に参加した仲よしの学者さんに声をかけた。

「私、これから銀座行くから、タクシーで途中までご一緒しましょ」

遠くにいるはずの台風の影響か、風がびゅんびゅん吹いている。ここでマリリン・モンローしたら大ひんしゅくのはず。私は右手でバッグをスカートに押しつけ、左手で先生に腕をからめぴったりと体を寄せた。離れないように強く。そうしてタクシーをつかまえようとしたワケ。目の前をバスや乗用車がノロノロ通り過ぎる。みんなタ

クシーがつかまらないカップルを見てた。絶対に私たちはデキてると思われたと思う。

ところで昨日は、編集者の人たちとバスで山梨へ桃食べの会。温泉で食べて飲んでまた食べた。今朝、反省しようとし、

「〇・五キロぐらい太ってるかなー」

とヘルスメーターにのったら、一・五キロ増えてた。一日でですよ！　私のカラダって、スポンジか！

おしゃれはシビアよ

昨夜は銀座の超高級お鮨屋さんでご馳走になった。この時ぞとばかり、がんがん食べたら一日で一・五キロ増えていた……。

本当にスポンジボディの身が悲しい。そうはいっても、ややスリムになった私は、最近ネットショッピングに凝り出した。

言っちゃナンだけど、長いことハイブランドのお洋服ばっか着ていた私。値段のことを考えると、どうにも捨てるのがつらくなる。Tシャツも何万円もするので、何年か着ることになる。

が、最近考えをあらためた。

「夏なんかワンシーズンとわり切って、安いもの買って、捨てればいいんだ」

そして「ZARA」とか「H&M」とかで、流行りのガウチョやマキシワンピを買うようになったのである。これがすごく楽しい。

ネットショッピングもがんがんやります。このあいだは大きなダンボールがうちに届いた。中身いっぱい入ってて五万円。本当に嬉しい。

まずは最近大好きなマキシワンピを着たところ、これが大好評。われながらとてもよく似合うと思う。

秘書のハタケヤマも、

「ハヤシさん、すっごくいいですよ」

だけど、が続く。

「近所だけにして、遠くはやめた方がいいですよ」

だと。なんかイヤな感じ。

「だけどサンダルはプラダだよ。こういうのをおしゃれの最高テクの、ハイ&ローっていうんじゃないの」

そういえばこのあいだ、前田のあっちゃんがこれをやっていた。H&Mのマキシのドレスに、ルブタンを組み合わせていたのだが、

「まるっきり着こなせていない」

と週刊誌のファッションチェックで、ドン小西さんに酷評されていた。

「このドレスは、藤原紀香とか米倉涼子みたいなナイスバディの人なら、すごくうまく着こなせたはずだが」

確かにまだ若く、きゃしゃな体つきの彼女に、こういう着方はむずかしいかも。これは奇をてらったスタイリストの責任だと思う。

もちろんスタイリストがつかない私は、すべてのことを全責任負わなくてはならない。そのためつい無難なもんばっか着ていたのであるが、今年は大冒険することにした。ファストファッションやネットショッピングで、今まで絶対に着なかったアイテムを試すことにした。それが白のロングガウチョだったり、マキシワンピだったりするわけだ。

が、ハタケヤマの言うとおり、

「できるだけ近所で」

にとどめておいた方がいいかもしれない。そお、体型に自信がないと、やっぱりマキシのワンピはカッコよく着こなせない。街できまっている人は、例外なくスタイルがよくて小顔である。

ところで私はパンツをほとんどはかない。いっぱい持っているのに。なぜか。

それは、

「ちょっと痩せた時に、いい気になって何本か買う」

「が、すぐにデブになりチャックが上がらなくなる」

「そのうちに流行が変わって着られなくなる」

の繰り返しだからである。

私が思うに、スカートよりパンツの方がずっと流行が出るような気がする。カッティングとか、長さとか、裾の拡がり具合とか微妙なものであるが、私のまわりはファッション関係者が多いので、ボロを出さないようにとつい控えてしまったのである。

が、これは外出着の話で、うちにいる時は、毎日パンツをはいている。通販で買ったその黒パンツは、細身でとても痩せて見える。化繊で出来ているため、洗たく機でネットで洗えば、二時間後には乾くというスグレもの。

つい先日のこと、編集者みんなでバスに乗り、山梨に桃をもぎに行くことになった。山梨で桃をもぐのは大変な準備がいる。暑さがハンパないうえに、桃のうぶ毛が手や首につくからすぐにかゆくなる。汗と一緒になり、ポリポリかくと真赤になる。蚊もすごい。

「だから必ずパンツ、長袖、帽子、首にはタオルを巻くカントリースタイルで」

とみなに知らせた。

おまけにその日は、朝から雨が降っていて、うちのハタケヤマなど長靴をはいてきた。私もすっかりしゃれっ気がうせ、例の黒パンツをはいたんですね。鏡で前から見ると、そう悪くないような気がした。しかし私は忘れていた。

パンツはヒップが命だということを！

自分の体に合った生地のいいパンツは、自然な綺麗な丸みをつくってくれる。が、私のゴムウエスト通販パンツは、後ろがだぶだぶしていたんですね。こんなのはくなら、トップスをもっと長くしなくてはいけなかったのだ。目ざとい人たちばっかなので、

「ハヤシさん、痩せ過ぎじゃん。ヒップがあんなに余ってるよ」

とハタケヤマはいろんな人から言われたそうだ。全くおしゃれは気が抜けないですね。

涙の最終手段

暑ーいですね。

このところ駅まで歩くのがイヤになり、無線タクシーばっかり使う私。おかげでお金はかかるわ、なんか体はいつにもましてぶよぶよしてくるような……。

肥満……それはある日大群となって私を襲うイナゴのようなもの。

多くの人が私に問う。

「あなたって、いつもダイエットやってるのに、どうしてそうあんまり痩せないの？」

それはですね、ちょっと痩せたと思っても、ちょっと気をゆるすとものすごいしっぺ返しがくるからだ。私はこれと毎日戦っているようなもの。成果があがるところま

でいかないのだ。

このあいだも話したが、銀座の超高級お鮨屋さんに招待された。たまにならいいだろうと思って出かけた私。一緒に行った人も食べる、食べる。なんと三時間、飲み続け食べ続けた。そうしたら、次の日いったい何キロ増えたと思いますか？　一・五キロですよ、一・五キロ。生きているのがイヤになってくるぐらいの増え方である。一週間このまま食べ続けたら、五キロはアップするに違いない。頑張って頑張って、節制しなくてはならない理由がわかっていただけるだろうか。

さて、チョロランマこと、長いことほったらかしにしていたクローゼットを片づけたら、出てくる、出てくる、たくさんのお洋服。このあいだは三年前のセリーヌのブラウスを着ていったところ、みんなに誉められた。黒いシルクのドット柄で、ものすごく可愛いというのである。ということで、今回雑誌の撮影のお洋服もそれに決めた。

ブラウス以外にも、ワンピが何枚も出てきた。私の大好きな黒のワンピ。中でもミニのワンピは、今着てもなかなかのすぐれもの。これにサングラスと最新のサンダルを組み合わせてお出かけしたら、

「芸能人みたい」

とみなに言われ、とても嬉しかった。が、大好きなこのワンピを、私は自分の手で

葬ってしまったのだ。まぁ、ちょっとこのつらい話を聞いてほしい。

三日前のこと、私はどっちのワンピを着ていこうかと悩んでいた。昨年買ったプラダは、ちょっと胸開きが大きいかも。ノースリーブなのも少し気がひける。

「やっぱり、いつもの黒ワンピにしましょう」

と、例のワンピを取り出した。

しかしさっき言ったように、肥満は私にとってイナゴの大群。ある日突然襲ってくる。先月、今より二キロ痩せていた時は、するする入ったワンピがものすごいきつい。無理して下におろそうとしたら、にっちもさっちもいかなくなってきたではないか。

「まさか、いくらなんでも、人はこんなに急にデブになるわけがない」

今度は上にあげようとした。が、胸のところでひっかかって、ものすごくきつい。

「ウソでしょうー！」

とにかく動かそうとしたのであるが、私の胸でひっかかったまま。ものすごくきつい。上にも下にもいかない。

へんなところに頭を入れたとわかったのは後のことであるが、私は焦った。迎えの車はもう来ている。一緒に行く編集者がじりじりしながら待っているはずだ。

汗がどっと吹き出す。もう一度必死で動かしたがただきつくなっただけ。私は試しにブラを脱いでみた。が、何にもならない。裸の肉にくい込むだけ。

私は覚悟を決めた。

「ありがとう。大好きだったけどお別れね」

洗面所のひき出しからハサミをとり出し、ジョキジョキ切ったのである。夏ものだからすぐに切れた。涙が出そうになった。このワンピを買ったのは五年前であるが、チョロランマに埋まっていたので、十分につき合ったとはいえない。しかしすぐにバストをしめつけていたものから、私は解放されたのである。もったいないと思うでしょ。

が、私には一筋の希望があった。最近私は駅前のお直し工房によく通っているのだ。靴底はしょっちゅう貼り替えてもらっている。それだけではない。ジャケットの型直しも上手にしてくれる。

ついこのあいだのこと、チョロランマから発見した、素敵な夏のスカートをはいて出かけようとした。ジル サンダーの黒のそれは、シルク混のタイトスカートだ。その時、ハタケヤマが、

「あ、何か白いゴミがついてますよ」

とはらってくれた。そのあと驚きの声。

「やだー、ハヤシさん、これ、虫くいですよ」

ひどい。やっと再会したスカートなのに虫がくってるなんて。小さな穴が五つもあった。今までだったら、泣きながら捨てただろうが、試しに工房に持っていったところ、糸でうまくかがってくれたのだ。よほど目をこらさないとわからない。

だからこのジョキジョキワンピも、きっと直してくれるだろう。うまく縫い合わせてくれるはず。縫い目はカーディガンを着ればわからないと思う……、思いたい。しかしまだワンピを持っていく勇気はない。

「お客さん、これ、どうしたんですか」

と聞かれたら、

「DVの彼氏がいて……」

なんてごまかすか。

猫シール続報！

最近クローゼットを片づけ、断捨離をしたことは既にお話ししたと思う。そお、私は賢くなったワケ。出来るだけ持っている洋服を少なくし、コーディネイトの技を磨く。数は増やさないで大切に着る……。

ということを得意になって、友人に話したところ、

「そうはいうけどね、いちばんのストレス解消って、洋服を買うことだと思うわ」

おしゃれ番長の彼女が言うので、すっかり納得してしまった。

「流行のものを買うって本当に楽しいじゃないの。私なんかこのために一生懸命働いているんだから」

そーよ、そうだわと、さっそく買物に出かけた私。ちょうど友人と表参道でランチを食べる約束があったので、いろんな店でショッピング。もうバーゲンはとっくに終わっているけれど、奥から出してきてくれるところもある。

そして久しぶりにセリーヌに行って、ワンピースとパンツ、靴を買っちゃった。それからドルチェ&ガッバーナに行ったら、秋冬ものがあまりにも可愛くてびっくりだ。特に気に入ったのは、紺のニットに白いレースの衿がついたもの。しかしあまりにも高い。ここでは靴を三足お買上げ。

よくいろんな人から、

「どうしてそんなに、靴ばっかり買うの？」

と聞かれるけれど、これには理由がある。

なにしろ生まれた時から、「靴の神さま」に見はなされている私。ものすごい幅広に甲高ゆえに、履けるものが本当に少ないのだ。しかも足の裏がへんな風にあたるようになってきた。海外のものは大きいようでタテに長いだけ。横に拡がってくれる靴があると即買う。しかしラクチンな同じものばかり履くので、すぐダメになる。

ということの繰り返しである。ホントに靴は消耗品なのだ。

まぁ、それはそれとして、この頃ダイエットがうまくいっているので、何を着ても楽しい。セリーヌのワンピも、着ていくとみんなに誉められる。

そんな中、久しぶりにテレビに出た。そお、「ぴったんこカン・カン」。京都へ行き寂聴先生とお会いしたり、おいしいものを食べた。おかげさまでとても視聴率もよかったのだが、多くの人に聞かれた。

「どうして、あんなに無表情でブスっとしてるの？　結構面白いことを言うのにさ」

確かにそう。実は「微笑みの神さま」にも見放されている私。この頃口角が下がっているうえに、笑いながら喋るということが絶対に出来ないのだ。

「芸能人じゃないからいいじゃん」

という声もあるのであるが、これではあんまりではなかろうか……。元アナウンサーの友人に聞いたら、訓練次第で出来るようになるそうだ。

でもいいや。もうあんまりテレビに出るつもりもないし。

ところで例の恋の招き猫シールであるが、なんかすごいことになっている。私の元に、

「何とかしてくれ。一枚欲しい」

というメールが殺到しているのだ。

私はこの「こわいほどモテる」というシールを貼る時、ひとつ賭けていたことがあ

った。それは、

「元カレから連絡があったら信じよう」

　ということであった。

　その前から予兆はあった。

「男でハヤシさんのファンがいて、一度食事を一緒にしてほしいと頼まれた。よろしく」

　というお誘いが幾つかあったのだ。しかしそういう方は、みんな私よりずっと年上のおじさんばかりで、ちょっとなぁ、という感じであった。

　しかし私はある日、息を呑んだ。ひぇーっと声をあげた。

「ご無沙汰しています」

　という元彼からのメールがあったのだ。まっ、他愛ない近況報告ですけどね。これからどうなるかわからない……。

　アンアン編集部のコイケ青年に電話をかけた。

「恋の猫シールをおまけにくれる化粧品会社、私の書いたエッセイをＨＰに使ってるみたいじゃん」

「そおなんですよ。売り上げぐっと伸びたみたいですよ」

「それならばさ、お礼として猫シール十枚ぐらいくれないかしら」

「わかりました。頼んでみましょう」

そしてすぐに電話を。

「十枚くれるそうです」

「やったーッ。私の友だちみんなに配ってあげよ」

「それからハヤシさん、猫シールの百倍ぐらいの効力がある特別グッズがあるらしいですけどね、それをハヤシさんにプレゼントしてくれるそうですよ」

ということで、私はそのグッズを今か今かと待っているのである。そお、テレビを見たやさしい友だちが、こんなやさしいことを言ってくれたのだ。

「アナタ確かに愛想はないけど、肌はピッカピカ。あれならリアル恋愛に突入出来るかも」

どんと来い、恋の招き猫！

〝魔性〟と〝魔力〟

恋の招き猫シールのことばかり書いているようであるが、あれは確かに効く。ヒトヅマゆえに詳しいことは書けないが、確かにモテるようになったのだ……。

そしてさらに私のもとに届けられた、「強力招き恋猫」！　化粧品会社の方が送ってくださったものだ。お守りになっている。

これをハンドバッグのポケットに入れた。これでもう私は、今までの私じゃない。

これからはナメんなよ。

そして私が出かけたところは京都。仲よしの脚本家・中園ミホさんと一緒である。

今年（２０１５年）の夏はどこにも行かなかった。

「山梨にお盆で帰って、迎え火たいて、お墓まいりしたぐらいだよ」

と愚痴ったところ、

「そんなら夏の終わりに、京都に一泊しよう」

ということになったのだ。

女二人でおいしいものを食べ、お酒もじゃんじゃん飲みましょう、という計画だ。

それからもう一つの目的もある。

つい先日「ぴったんこカン・カン」の京都特集に出た。その時取材に応じてくださったお店に、一軒ずつでもちゃんとお礼をしなきゃと思ったのだ。中には、京都の人からも、

「よくあそこ、テレビに出たよね」

と驚かれる名店もある。

そして私が行くことにしたのは「齋華」。オープンして日はまだ浅いのであるが、たちまち人気店になった中華である。実はこの店だけが初めて行った。

教えてくれたのは、池坊のお姫さま、美佳ちゃんである。

「料理も美味しいけど、ロケーションもすっごくステキよ」

と言ったとおりだ。林のいきどまりに長い階段があり、そこを降りていく。暗い石段は格好の〝チュー・スポット〟ですね。恋人と来たら、ここで必ずキスをするに違いない。

ちなみに東京に〝チュー・スポット〟レストランは幾つかある。恵比寿にあるイタリアンは、道路からツタのからまる長い階段を降りていく。それから下谷にある高級洋食屋は、住宅地の中の暗く曲がりくねった道を歩き、小さなお稲荷さんを曲がって、また曲がったところにある。

それから青山のお鮨屋さんはビルの地下にあるのだが、いったんテナントの入っていない暗いビルの一階に入り、エレベーターかあるいは階段で降りる仕組みだ。

ま、ここでキスしなけりゃ、男じゃないという感じであろうか……。

なんていうことを中園ミホに言うのは空しい。なぜなら〝魔性の女〟として最近さらに磨きがかかっているようなのである。

京都の思い出をいろいろ語っていても、

「カレと学生時代にきてさ」

とかあっちの方がずっと上。今だってモテモテなのである。その彼女に、うっかり猫シールのことを話したら、

「欲しい、欲しい。絶対に欲しい」

とねだられた。

実は五枚もらったシールが、一枚だけ残っていた。このあいだこれを独身の編集者にプレゼントしようと思ったのだが、

「カレとうまくいってる」

と言うのでひっこめたのである。が、中園ミホに猫シールなんてあり得ない。魔性が魔力を持ってどうするんだ。

「ダメ。鬼に金棒、中園に猫シール。これ以上モテたら、あなた体悪くするよ」

と拒否したのであるが、最後は押しきられてしまった。彼女がこれを持ったら大変なことになると思う。ホント、もう絶対に一緒に男の人に会いたくない……。

まあ、とにかく「齋華」に行き、一面のガラス窓からの夕暮れの緑を見ながら、まずはシャンパン。そして手の込んだ中華をいただいた。ここは一皿一皿が本当に凝っていて、フカヒレの揚げたものなど思いがけない味を楽しめる。そして二人で白ワインもがんがん飲んだ。

その後は花見小路のお茶屋バーに行き、今度は赤ワインを開けてもらった。京都に来た時は必ず呼んでもらう芸妓ちゃん二人も十時頃やってきた。みんなで乾杯……な

んて言うとオヤジっぽいようであるが、芸妓ちゃんたちとキャッキャッお喋りをして女子会のノリですね。

「マリコさんって、遊び方すごいよね。私、こんなことする女の人初めて見た」

中園ミホに感心されたが、まずなじみのお茶屋さんをつくっておけば、たいていのことをやってくれる。舞妓ちゃんは可愛いだけで喋っててもそんなに面白くないが、その上の年齢の芸妓さんとなると、打てば響くように頭がいい。京都の芸妓さんたちは、おもてなしのプロなのだ。

そして真夜中まで飲みまくり、次の日の新幹線で帰ってきた。二日間、仕事のことやら、恋のことをじっくり話して本当に楽しかった。でも私の語る恋はみんな過去であるが、中園ミホはみんな現在進行形。本当に羨ましい。恋の招き猫お守りで、私は中園を越せるか？ が、あっちにも紙とはいえ、猫シールを渡した。しまった。もうかなわないじゃん。ライバル（？）に兵器を与えたようなもの。私って……。

お宝なのよ！

ちょっと使うことがあり、うちの近くの駅ナカにある〝三分間フォト〟に行った。今は何て言うんだろうか。自撮りフォトか。

しばらく行かないうちにすごく変わっていた。美白コースというのもあり、それをやってみた。ドキドキしながらプリントを待った。

家に帰り、それを切り取った。しばらく見つめる。すごくBUSUに写っていた。いやー、もともとがこのレベルなんだろう。雑誌のグラビアの、うーんと綺麗に撮ってくれる写真と違い、こういうのって本当に実力が出る。そーね、やっぱりフケてるわ。それにやっぱり美人じゃない。

なぜ美人じゃないのか。パーツの配置が悪いのがまずだいいちにあげられよう。私はボールペンを取り出し、写真上で整形をすることにした。まず両目をもっと近寄らせて大きくする。これって目頭を切開するんですよね。

そういえば、あの人気シンガーの○○さんって、目頭を大きく開き過ぎて寝ている時もパッチリあいている、というのは有名な話である。

そうそう、唇も流行のぽってり唇にしようと、写真をいろいろいじった結果、とても不気味な顔になってしまった……。

ところで、世の中には、

「あーあ、美人なのに惜しい」

という人が何人かいる。私から見ると、

「何てもったいないことをしているんだろ」

と歯ぎしりしたくなるような方たちですね。最近の若い女性作家は、すごくおしゃれで可愛い格好をしている。お化粧もうまい。が、上の世代になると、身のまわりに構わない人がわりといるのだ。ものすごく綺麗な顔をしているのに、髪はバサバサでもっさりスカートをはいたりしている。

まあ、いいもの書いていたり、本が売れていれば、その「構わなさ」が逆にカッコよく見えてくるのが、クリエイターと言われる仕事の特徴である。

ついこのあいだ、何年かぶりに会った女性編集者に私は驚愕した。

「えー、あなた、あのA子さん!?」

コケティッシュで可愛かった彼女が、今はものすごいダサいおばさんになっているではないか。まだ三十代後半だと思うが、髪が薄くなっていて、それをひとつに縛っているからもっと少なく見える。それよりびっくりしたのは、出っ歯になっていたことだ。もともと受け口であったのだが、口元のケアをちゃんとしなかった結果、年齢と共に歯が前に前にと出てきたらしい。

「ねぇ、ねぇ、失礼だけど、A子さん、どうしてあんなになっちゃったの?」

と同僚に聞いたところ、

「結婚して、子育てで苦労してるらしいんですよ……」

と言葉を濁した。が、自分をあんなに急激に劣化させるなんて、女として怠惰だと思うな。もともと美人だったんだから、自分に対して可哀想だよと、私は腹が立ってくるのである。

こういうのとは別に、自分のキャラクターが今ひとつわかっていない、というのもある。たとえば、童顔で愛らしいキャラを強調しようとするあまり、やたら少女趣味の服を着ている人がいる。あきらかに服と顔で、魅力を喰い合っているという感じ。

「もっと辛口の服を着たら、もっと顔の可愛さが生きてくるのになァ」

と思わずにはいられない。

このあいだ、やや年がいったＯＬさんと喋っていた時のことだ。見れば見るほど綺麗な顔をしている。パッチリと大きな目。そして鼻すじはきゅーっと細くて、薄い唇。やや古風ではあるが、美人であることには間違いない。が、彼女からは美人オーラが全く伝わってこないのである。

「この人にどうして綺麗っていう印象を持てないんだろう」

私はいろいろ考えてみた。まずあげられるのは、顔の輪郭がよくないことだ。彼女はお酒をよく飲む。そのせいか太っているというのではないのだが、顎のラインがぼやけているのである。そお、小顔ならばたいていの欠点はオーケーというのと正反対。顔のキャンバスがよくないのだ。

それからこれまたお酒のせいか、肌が少々荒れている。ちょっと残念な結果になった。が、こういう〝荒れた感じ〟の〝惜しい美人〟を好きな男の人というのはとても多いから、そちらの方は心配していないのである……。

そして、男の人がもっと好きなのは、

「美人じゃないけど、可愛くてキレイ」

というものではなかろうか。

このところたて続けに新刊を出したので、よく取材を受ける。若い記者やライターの女性たちと会う。かなり緊張しているのがわかるが、ちょっぴり上気した顔に私は見惚れてしまう。

顔立ちは平凡なのであるが、肌がものすごく綺麗で艶々している。笑うと歯も真白。ちょっと見える歯ぐきもピンク色。なんか薄バラ色の靄《もや》に包まれているようなのである。肌や歯が美しいとこんなに得するものなのに、若い時はそれに気づかない。気づくのは、それを失った時である。

暗黙のルール

秋雨の降る夕方、私は銀座にあるマガジンハウスの裏口に向かって歩いていた。

どうしてそこに行くかというと、七時にテツオと待ち合わせているからである。久しぶりにデイト、と言いたいところであるがそんなことはなく、もう一人、文藝春秋社の編集者と待ち合わせて三人で食事ということになったのだ。

マガハの近所の銀座一丁目付近には、和食の名店がいくつかある。そのひとつにテツオが予約してくれていたのだ。

着いたのは六時すぎ。少し時間があるので、この連載の担当・コイケ青年を呼び出した。そお、フジのアナウンサー試験、カメラテストで落ちたという新人二年めの編集者ですね。裏口前の喫茶店でお茶をした。そうしたら最新のアンアンを持ってきて、

「ボクの企画した〝おっぱい特集〟の号です」

と嬉しそう。このあいだも美乳特集をしたらとても売れたそうだ。

「やっぱり女の人って、胸のことを気にしてるんですねぇ」

だって。

そりゃあそうですよ。この私も若い時からデブであったが、その分豊満な胸を持っていた。ま、デブの貧乳なんて見たことないけれど。おかげで高いインポートのブラを買い続けてきたっけ。繊細なフランス製がお気に入り。アメリカ製のものはちょっと色気がなくて実用っぽいものが多いかも。

この頃は日本製もとてもよく出来ていて、篠原涼子ちゃんのCMが話題である。彼女の胸、とても綺麗。お子さんを産んで大きくなっているが、形は崩れていないという理想のバストである。

「ところで私、夏中ずっと悩んでたんだけど、見せてもいいブラ紐と、見せたらNGのブラ紐ってどう違うの？」

若い人って、黒やピンクのブラ紐をよく見せている。あれってかわいい。が、それと反対に、中年の女の人が、このあいだボートネックからブラ紐を見せていたが、ベージュ色で薄汚れていた。

「グレイがかった特殊な色のベージュだろうか」

と目を凝らしたがそうではなかった。

私はだらしないうえにうっかり女で、しょっちゅう失敗をする。が、汚いブラ紐を見せるのは、とても恥ずかしいことだと思っている。

「だけど、この頃、いろんな色のブラ紐見せてるよね。ああいうのって、なんかルールがあるのかしら」

「あのブラは、意志の差だと思います」

とコイケ青年。

「つまり見せようと意識しているブラ紐はよくて、見せるつもりじゃないブラ紐を見せちゃダメなんですよ」

なんか哲学的な答えですね。そこへ裏口からテツオが登場。やっぱり年の功の、こっちの男に聞いてみましょうか。

「ねぇ、ねぇ、テツオさん。見せブラ紐と、NGブラ紐ってどう違うの」

「そりゃあさ、年齢制限だよ」

ミもフタもないことを言う。

「若いコはいくら見せてもいい。だけど年増はダメ」

こんなことを言っているテツオですが、カウンターで並んで食事をしている最中、私の手を見て思わずつぶやいていた。

「アンタって、本当に手がキレイだね！」

ホント。薄暗い店の中、上からのライトがいい感じで、私のおててては真っ白でつややかである。

「ホホホ……いつ男の人が手を握ってくれてもいい準備をしてるのよ」

私がどれだけ手を大切にしているか、みなさんならご存知であろう。使用するハンドクリームの量はハンパない。いつもバッグの中に二個ぐらい入れていて、タクシーの中でも打ち合わせの最中も、映画見てる時も、しょっちゅうマッサージしている。

バストも同じかもしれない。いつでも男の人が触れてもOKなようにと、それから自分自身の満足のため。ニットを着た時に、大きさがもの足りなかったり、下がっていたりすると自分自身が悲しくなる。

胸開きの大きいものを着た時に、

「おーし、キマってるじゃん。色っぽいじゃん」

と自分自身に言いたい。

そのためにもデコルテをうんと綺麗にね。

よーく見てると、若い人でもデコルテが汚いコって案外多い。肌理《きめ》が粗かったり、赤いブツブツが出ていたりする。

「デコルテは女のカラダの生地見本」

という名言をつくったのは私です。ちょびっとの端布で反物見せるように、Vネックからのぞく肌で、他の部分もみーんなとびきりキレイということを主張しなくてはね。

そう、Vネックに私、自信あります。が、座ると、バストのすぐ下にお肉がたまるのがナンですけど。

かわいい〃桜ワイン〃

世の中って、お金持ちがいっぱい。

つくづく知る今日この頃だ。

そしてそういうお金持ちって、人のいないところでこっそり遊んでいるんですね。

このあいだのこと、友人の誕生日パーティーがあった。場所は六本木のワインレストランと思っていただきたい。IT企業のお金持ちたちも来た。十二人集まり、ワリカンの会費制。会費は安いけれども、ワインを一本ずつ持っていくことになった。私はこういう時、とても悩む。初めてのメンバーで、どのくらいのワインを持っていっていいかわからないからだ。

以前、うんとお金持ちの若手経営者たちとワイン会をした時は、みんな数十万のものを平気で持ってきた。私はとてもついていけず、いつもシャンパンでごまかしていたっけ。シャンパンだと、いくら高くても知れているからだ。

今度はカジュアルな会だし、いったいいくらぐらいのワインにすればいいのか、一緒に行く友人に聞いたところ、

「二、三万でいいよ」

とのこと。ホッとしていつものシャンパンを持っていった。

当日、テーブルに着くと、若い女の子が二人混じっていた。どんなワインにしたのかしらと、私はちょっと心配になる。大人のお金持ちならどうということはないけれど、二十代なら二、三万のお酒は相当高いですよね……。

やがて食事が始まる。テーブルにはワイングラスが百個以上並んだ。こんな贅沢なことが出来るのは、この店のオーナーも同席しているせいだ。

よく訓練されたウエイターが、

「○○さまからの○○です」

と一人ずつの名前を告げながら、ワインを注いでくれる。ワイン好きの人たちが集まっているので、とても凝った珍しいものが多い。

やがてピンク色のワインが注がれた。ロゼとも違う、見たことのない色。その時、ウエイターはうやうやしく言った。

「○○さまがお持ちになった、桜ワインでございます」

ラベルには、いかにも「ご当地ワイン」らしい桜の花びらが描かれていた。私はいっぺんで彼女たちに好感を持ったのである。

そうだよ、こういう時、無理に背伸びすることはない。おいしいワインは、おじさんたちに任せておけばいいんだ。

そして食事が終わった後、VIPルームに移ることになった。ワインレストランをいったん出て、ビルの裏手にまわった。そこの二階へ階段を使っていくとがっしりとした扉が。オーナーが親指をかざす。流行の「指紋認証」ってやつですね。そして扉が開いた。びっくりした、なんてもんじゃない。古いビルの中に、広い豪華キャバレーが。吹き抜けの天井にはシャンデリアが輝いていた。そしてイヴニング姿の美女たちは、ホステスさんなのである。

このあいだは看板を出さない会員制のレストランに連れていってもらった。ある高級レストランは、ワインセラーの奥に二重の扉があり、中はカラオケも出来るすんごいVIPルームが……。

しかしお金持ちに知り合いがいるからといって、私がお金持ちになるわけではない。奥さんでもないし、愛人でもないので、全く別の人生を歩いている。

この出版不況の中、厳しい日々をすごしているのだ。

「予定納税を払わなきゃならないので、当分お金を遣わないでください」

と、秘書のハタケヤマに固く言い渡されているのである。

おかげで秋冬ものをまだ買っていない。

「新作入荷しましたよ」

とメールがしょっちゅうくるけれどもじっと我慢。

このあいだクローゼットの大掃除をしたことはしつこく書いているが、そこで白いジャケットを七枚発見し、深く反省した。どうしてこう買ったものを忘れてしまうのだろうか。

「そうだ、今まであるものの中で、何とかやってみよう」

こうしたビンボーな時こそ、今まで培ったコーディネイト能力を見せる時である。私は今年の春買ったプラダのフォークロア調の黒いジャケットと、グリーンの模様のあるスカートに、このあいだ購入した、木の実が衿元についた可愛いTシャツを組み合わせた。我ながらいい感じと思ったのであるが、なんかヘン。そう黒ジャケットがもたついて、肝心のTシャツの衿元が見えないのだ。サイズを見た。ワンサイズ大きい。夏ちょっと前にダイエットがうまくいきかけたのである。これは今よりデブの時の遺物であった。サイズが合わないとやっぱりおかしい。

どうするんだ。ビンボーとおしゃれは両立しないのか。私はあの桜ワインを思い出しした。背伸びはしない。自分らしくやる……。が、やっぱり新作欲しい。明日行っちゃおかな。カード落ちるの来月だし。

チャンスあり

お金持ちの男の人は好きですか。

もちろん私も大好きであるが、昔から縁がない。なぜならお金持ちは美人が好きと決まっているからだ。

成功した男の人の多くは、タレントさんや女優さんと結婚する。高校の同級生と結婚した、なんていう話は聞いたことがない。

そういうのをちょっと苦々しく思っていた私。好きな若手女優が、

「IT関係の実業家」や、

「外食産業の風雲児」

と結ばれるたびに、

「あーねー、やっぱりそんなもんだったのね」

とつぶやいていた。これはもちろん嫉妬も混じっているであろうが。

さて、ＩＴ方面の有名な若手社長たちと、友人の誕生日を祝った話は前にしたと思う。その時の社長のファッションにびっくりした。レストランにくるのに、Ｔシャツにショートパンツという格好だったからである。

「資産何百億もある人が、どうしてあんなにビンボーたらしい格好してるのかしら。そういえばこの頃よく会うホリエモンも、夏中Ｔシャツばっかかだったなぁ」

するとと友人が教えてくれた。

「そのお金持ちの誰かがテレビで言ってたけど、毎日どんな服を着ていこうか悩む時間がもったいないんだって。そんなことをするより、仕事のことを一分でも多く考えていたいって」

「えー、そんなのヘン！」

私は思わず大きな声をあげた。

「だってさ、お金を儲けるって、素敵な服着たり、おいしいものを食べるためにするんでしょう。それなのにどうして、その大きな楽しみのひとつを放棄しちゃうの」

「この頃のお金持ちってそうなんじゃないの。ほら、スティーブ・ジョブズだって、いつも同じタートルの黒い服着てたしさ」

そうか、最近のお金持ちって変わってきているのか。それだったら彼らの恋愛の仕方も変わってきてもいいのかもしれない。タレントさんやモデル、女優さんといった美女からふつうの女性へと移行してほしいものだ……と思っていたところに、

「マリコさん、聞いてください」

A子さんから電話があった。彼女は私と親しい、某エンタメ系企業の社長秘書をしている、とても明るくキュートな女の子で、ボスの大のお気に入りだ。

「マリコさん、今月のあの雑誌、見ましたか？」

「送ってくれるから見たよ。別荘の特集だったよね」

「そう、Bさんの豪邸見て私はショックでしたよ。可愛いお坊ちゃんと、広ーい別荘のお庭に立ってたんです」

「あぁ、私も見た。すごい別荘だよね」

「あの方の奥さん、私と同じように彼の秘書だったんです」

「へぇー」

「私はこんなにショック受けたことありませんよ。同じ秘書してて、あっちは富豪の

奥さんになって、私はただの秘書。毎日こき使われてるんですよ。こんなの不公平だと思いませんか」

「そりゃー、そうだね」

「私があんまりブーブー言うので、うちのボスが、今に女房と別れたら、そん時は愛人にしたるわ、なんて笑ってるんですけど、私はそんなのイヤなんですよ。ちゃんと奥さんになって子ども産みたいんです。ハヤシさん、あの別荘写真見て、私は人生考え直しましたよ」

実は私、Bさんにも会ったことがあるし、前妻である女優さんと対談したこともある。ITで若くして大成功をおさめた彼が、二番目に妻としたのが、自分の秘書だったというのはとてもいい話だ。

「そうだ、世の潮目は変わっているんだ」

だったら一人ぐらい大金持ちが、私のところへやってきてもいい。多くの女性がそう思い始めたのではなかろうか。

このあいだ「新婚さんいらっしゃい！」を見ていたら、エグい髭の男性と、キャバっぽい派手な奥さんとが出てきた。夫の方は自動車を販売する会社の社長で、きっかけは、

「セレブな人たちが出席する合コン」

ということであったが、フーンという感じ。たぶん皆さまが求めるお金持ちというのは、こういうことではないはずだ。

私がはっきり言えることは、

「お金持ちはワインと美食が大好き」

ということである。着るものに構わない人も、構っている人も、おいしいものには目がない。年中Tシャツのホリエモンが、美食の会員制サイトを立ち上げたのはご存知のとおりだ。昨夜も私は、ゲーム関係の大金持ちと食事をしたが、三時間、どこそこの店がおいしい、という話に終始した。

こういうところなら、ふつうの女の子でも入り込めるスキはあるはず。まわりの人脈をたどっていけば、必ずや何か見つかる。それか手っとり早いのはその人の会社に勤めるかであろうか。これからは富豪たちも職場結婚する時代だと、私は考えているのだが。

ビューティーウィーク

ちょっと前のことになるけれど、シルバーウィーク、どう過ごしましたか。

私は久しぶりに軽井沢にでも行くつもりであったが、間にいろいろと用事が入ってしまった。

が、残り三日間を有効に使うことにした。そお、シルバーウィークを、ビューティーウィークに変えることにしたのだ。

その四日前に仲よしの友人からメールが入った。

「ものすごくいい体幹トレーニングの個人トレーナーのところへ、お試しに行ってきました。女優の○○さん、タレントの○○さんも定期的に行っているところですよ。マリコさんも絶対試してみて！」

女優の○○さんと言えば、わりとおトシながら抜群のプロポーションと、アクティブな魅力で知られている。元がまるで違うのだが、つい同じことをしようと考えるのが、私のいつものアサハカさ。

そして何よりも、友だちのメールで気になったのが、

「私は歩き方をチェックされ、徹底的に直されました」

という一行である。

私は昔から歩き方がヘン、と皆に指摘されている。自分ではかなり気をつけているつもりであるが、このあいだテレビに出ている姿を見たら、ぴょこぴょこと今にもつんのめりそう。

そんなわけで、

「ぜひ連休中に行きたい」

と彼女に連絡したところ、トレーナーさんに電話をしてくれ、時間をとってくれることになった。

その日、駅から歩いてかなり迷ったが、おしゃれなマンションに到着。そこの一階

にジムがあった。

鏡の前でさっそく歩いてみる。

「ハヤシさんって、脚の内側をまるで使ってませんね」

とのこと。

「脚の外側はこんなにしっかりと固いのに、内側はぶよぶよやわらかいですね。下腹もぽっこり。外側だけで歩いているからです」

脚のつけ根をぐんと前に出す。体が反り返っているように見えるが、これが私の場合正解。顎をひく。そしてお尻の穴をきゅっと締めるようにして歩くんだそうだ。

「今までは単に胸を張っているだけだったんですよ。これなら見る景色も違ってくるでしょう」

さて歩き方とボディをチェックしたら、今度はお顔もいろいろお手入れしなきゃ。肌がキレイと誉められる私であるが（ホント）、最近寄る年波には勝てず、頬のあたりが弛《たる》んできた。久しぶりにサーマクールしようかしら。高周波で肌を活性化するアレですね。しかしものすごく痛い。涙が出るぐらい痛い。

「あら、サーマクールはもう古いわよ。あれよりももっと進んでて、痛くない最新の機械が出てるんだから」

と女性誌の美容担当の友人が教えてくれ、連休最後の日はさっそく美容クリニックへ。確かにエステでやってくれるような施術と変わらない。やってもらっている間にぐっすりと眠ってしまった。さっそく家に帰り夫に、

「私の顔、どっか変わったと思わない？」

と尋ねたところ「別に」という返事。

「今日ね、これこれしかじか（むずかしくて名前が憶えられない）で、顔をぐーんと上げてもらったんだから」

　すると夫は、

「なんだよ、それって整形してきたってことじゃんか」

だと。男の人にとっては、なんでもかんでも一緒なのであろう。

「切ったり貼ったりが整形で、注射やレーザー、高周波は違う」

という意識が私にはあるが、あるアンケートによると、ボトックス注射とかヒアルロン酸注射も整形のひとつなんだって。ま、どっちでもいいんですけどね。

　このあいだ「新婚さんいらっしゃい！」を見ていたら、AKBの誰かにそっくりな可愛い奥さんが出てきた。この奥さんは素顔が、まるで違うんだそうだ。一重まぶたなのでアイテープを貼り、毎日三時間化粧をするという。五時間かかる日もあるとい

うからすごい。

「そんだけ化粧をする間に、家事をして欲しい」

と旦那さんは怒っていた。

私もそう思う。家事はどうでもいいとしても、毎日三時間を目の化粧のためにだけ使うというのは人生もったいない。こういう人こそ、二重にする手術をすればいいのにと思う。

ところでシルバーウィークも終わって、秋も本格的になってきた。私は服を買いたくてたまらなくなってきた。が、お話ししたとおり、このあいだクローゼットを整理したところ、あまりの服の多さに驚愕した。自分でも把握出来ていない多さ。初めて見るようなものもいっぱいあった。

しかし、今年の色、カーキが欲しい。フリンジも心ひかれる……そんなわけでついふらふらと。顔も若返った（つもりだ）し、お腹もへっこんだ（つもりだ）し、やっぱり新しいお洋服が欲しいです！

南青山から

今年マガジンハウスは、創立七十周年。大変おめでたいことである。

ついでにこの私も、アンアンに連載を始めて三十年。よくもまあ続いたことだ。ということで、代官山TSUTAYAで、記念の「林真理子トークイベント」が行われることとなった。五十人の定員に、なんと二千人の応募があったという。

「最新刊『美女千里を走る』の本の中に、応募券入れときゃよかったのに」

とついセコいことを口走った私である。

トークショーには、この連載でおなじみのテツオさんも一緒に出てきた。古い写真

がスライドでいっぱい出てくる。私は当時のことを思い出した。南青山に事務所兼仕事場を借りていた。ゴムマットを敷きつめ、大きなサボテンを置いた。流行していたハイテックというやつですね。工場のように無機質にインテリアを整える。そして私はテクノカット。ばりばりのイケてるおネエちゃんを演出していた。

そんな時、仲よくなったアンアン編集部の女性から一本の電話が。

「ちょっとオ、今日おたくんちに取材に行くテツオってね、マガジンハウスいちのハンサムなのよ」

「へぇー、本当!?」

楽しみにしていたら、背の高いとても不愛想な青年がやってきた。

「その時、お土産がコロッケだったそうですね」

司会者が聞く。

「いいえ、違います。取材が終わった後、二人で近くの根津美術館の庭に散歩に行ったんです。あの頃、骨董通りに肉屋さんがあって、コロッケを揚げていました。そこでなんとなく買ったんですよ」

どうしてそれを食べようと思ったのか、全く憶えていない。

やがて次々と私の写真が。これを見ていると、昔私って、モデル（？）として何度もアンアンのグラビアに出ているのだ。おしゃれが売り物のこの雑誌が、いったい何を考えていたのか。

当時人気絶頂「抱かれたい男ナンバーワン」だった田原俊彦さんと「仮想デートする」といった写真もある。そしてなんと表紙を飾ったことも。

ユーミン、サイモンさん、私のバージョン、秋元康さん、サイモンさん、私のバージョンですね。みんなとっても若い。

最後に若い美人の現編集長、キタワキさんから花束贈呈があり、四十五分のトークは終了。笑いが何度も起こって、皆さんとても楽しんでくださったと思うが、私が、

「皆さん、今日のお土産に『恋の招き猫シール』をお持ちください」

と告げた時のどよめきにはかなわない。おーっという歓声が起こったのだ。

そう、化粧品会社にお願いして、あの話題のシール、しかも特別製を五十枚提供いただいた。

一週間ほど前のこと。いきなり私の大好物、めったに手に入らない高級クッキー、村上開新堂の箱と手紙が届いた。それは私がシールを送ってあげた、五十代の女性編集者からのものであった。丁寧な手紙がついている。

「ハヤシさん、貴重なものを本当にありがとうございました。威力すごいです。食事

のお誘いがいっぱいです」

その前に久しぶりに会った中園ミホに尋ねたところ、

「あれ、本当にすごいんだから……」

フフッと意味ありげに笑った。魔性の女に魔力を与えたんだから本当にすごいことになったらしい……。

などということを、イベント終了後、青山のドンチッチョで食事しながらみんなで話した。ここは芸能人もよくデイトしている、東京でいちばん流行っているイタリアン。オープンカフェになっていて、人もごちゃごちゃいっぱい。値段もリーズナブルで、カジュアルなお店だ。おいしいシシリアのワインを飲みながら、みんなでわいわいがやがやするのに最適。それなのに、噂のカップルがよくやってくる。

私が思うに、芸能人同士おつき合いしているうち、女の子の方がいつしか不満を持ってくるに違いない。

いつもどっちかの部屋で会うか、個室でこっそり食べるかじゃん。たまには人がいっぱいいるところ、それも流行りのおしゃれなところで堂々と食べたい。そしてチラ見されてみたい……、と思っても不思議ではない。

「私は、女の人のこういう気持ち、わかるわ。私も若い頃、恋愛中、わざと人のいっぱいいるところに行きたがったんだもん。ところでさ……」

　私は隣で黙々とパスタを食べる、現担当編集者のコイケ青年に向かって言った。

「あなたも猫シールをゲットしたとたん、彼女が出来たんでしょ」

「はい、おかげさまで」

　おーっという声に、頬を染める青年。相手はすごい才色兼備みたいだ。

「それで彼女は、実はハヤシさんちの近くに住んでるんです。もし二人で歩いていたらお見逃しを」

　とても嬉しそうに言った。やっぱり見られたいんだ。

マリコスタンプ七変化

いっしょに暮らす人

いやあー、昨日は久しぶりに楽しい夜であった。

七人で近所のお鮨屋に行った後、そのままカラオケに流れたのである。七人のうち、三人は初めて会った。その中に有名なシンガーの方がいたのである。男性ユニットの一人と思っていただきたい。私も愛唱する歌が幾つかある。

彼はまだ若いけど、すごーく感じよかった。スターなのに、信じられないぐらいマメ。カラオケルームに入ると、チューニングしてくれ、部屋の状態を確かめてくれる。

そして、

「マリコさん、ここに立つと音がいちばんいいですよ」

なんてアドバイスしてくれた。

私は酔っていたので、彼の前で平気で歌う。ドリカムの「LOVE LOVE LOVE」。すると彼は傍でハモってくれるではないか。そうすると、私の歌がものすごくうまく聞こえるのだ。

そのうち、彼も歌い始めた。サザン。うまい、なんてもんじゃない。あたり前ですが。そしていつのまにか彼の持ち歌に。生歌を間近で聞く幸せ。じぃ〜〜ん。

プロというのは、たとえカラオケだろうと、決して手を抜かない。マイクの持ち方、体の動き、あぁ、すべてコンサートどおりではないか。

こういう人の奥さんは、なんて幸せなんだろう。だってこういう声がしょっちゅう聞けるんだ。うちの中ではこんなに本格的に歌わないとしても、ちょっと口ずさんだりするはずである。いいな、いいな、と心から思った私である。

そしてこのあいだ読んだ週刊誌の記事を思い出した。それは、

「女優と結婚すると本当に幸せか」

というものであった。

美女と結婚出来るなんて男の幸せ、と思いきや、お金はかかるしわがままな人も多い。結構苦労が多い、という話であるが、まあ、出来ない人がくやしまぎれで書いた、

と思える節もある。なぜなら、そこらのサラリーマンが女優さんと結婚出来るわけもない。サラリーマンでも、広告代理店とかマスコミの人であろう。そういえばマガジンハウスの私のよく知っている編集者で、女優さんと結婚した例もある。その女優さんは知的で性格がいいことで知られているので、とても幸せな家庭を営んでいる。

やっぱり美しい人と暮らすのは、幸せなんではないだろうか。もともと綺麗な人というのは、うちの中でもだらしない格好をしない。私のように、

「そろそろ捨てようかなー」

と思うニットやパンツを、コーディネイトも考えずに着る、なんてことは絶対にないはず。

私の住んでいるこの街は、芸能人の方も多く（あのシンガーの方もご近所です）、よく犬を連れたお散歩姿をお見かけするが、そりゃーおしゃれ。何気ないカジュアルであるが、もうきまっている。スニーカーでさえ、私なんかとまるで違うのだ。

つい先日のこと、青山のレストランでランチをしていた。ふだんの昼食にしてはちょっと高めの設定のお店なので、まわりを見ると「ご飯を食べに」という感じではなく、久しぶりに女友だちと会ってゆっくりおしゃべりが目的という感じ。その証拠にシャンパンをグラスで飲んでいる人も多い。

私の目は斜め前に座っている女性たちに釘づけになった。女友だち三人で来ているのであるが、みんな綺麗。二十代の終わりか、三十代に入ったというところであろうか。そのうちの一人が本当に美人なのだ。セミロングの髪に、あっさりとしたお化粧。笑うと歯が真っ白で清潔な雰囲気が漂う。

モデルさんでもタレントさんでもない。ふつうのＯＬの美しさ。そして青山らしく、着ているものがセンスに溢《あふ》れている。

私はある感慨にとらわれた。

「こういう女の人が、男の人はいちばん好きだろうなぁ。この女の人を嫌う、なんて男の人がいるだろうか」

女性アナウンサーの、うんと可愛い人を見てもそう思う時がある。

「この人って、病的に性格が悪くない限り、男の人にモテるだろうな。この人を欲しくない男の人がいるだろうか」

こういう女の人たちに混じって生きていき、戦っていく、並レベルの女の子たちって何て大変なんだ。しかしある男性は言う、

「でも、どんな美人も劣化してくからねぇ。結婚はそれも計算に入れなきゃ」

劣化ってイヤな言葉ですね。ネットでよく使われ問題になっている。

「私も劣化してるって言われなくないな」

そうしたらせせら笑われた。

「劣化っていうのは、元がいい人のことを言うんだから」

あぁ、そうですか。失礼しました。

美しきかな

この連載でも一度書いたと思うが、柴門ふみさんによると、

「モデルはモデルとしかつき合わない」

んだそうだ。ふつうのレベルの女の子とつき合ったたって、妬まれるか劣等感もたれてめんどうくさいだけ。それだったら似た者同士楽しくやっていきましょう、ということらしい。


そういえば街で見かけるモデルさんらしき女性の隣には、確かにモデルさんとおぼしき女性。そういう人たちがオープンカフェなんかでツルんでいる光景というのは、本当にいいものだ。

「仲よきことは美しきかな」

素敵な人たちが一緒にいるというのは、見ているこちらも幸せにしてくれる。今の芸能人ってそういう人たち、誰かいるんだろうか。私が知っているのは、

「ベッキーと上戸彩ちゃん」

「小泉今日子さんと天海祐希さん」

ぐらいしか思いうかばない。

若いコに、

「今、あなたたちが憧れる、芸能界仲よしさんって誰なの」

と聞いたら、

「そういう情報あんまり入ってこない。誰と誰とが仲よしかって、よくわかんない」

私が思うに、バラエティ番組がうんと増えた結果、みんな仲よしそう、みんな親しそうに見えてしまうのではなかろうか。

私たちの時代だと、ダントツ憧れ二人組は、なんといっても、ユーミンと小林麻美さんだったな。二人ともおしゃれでカッコよくて、才能に溢れていた。人気絶頂の二人が、すごーく仲よくて、

「雨の日は、二人で好きな音楽をかけながら、いつまでもお喋りしてるの」

なんて仲なのは、奇跡みたいな話ではないだろうか。当時の女の子は、みーんなこの二人に心震わせた。自分たちの大好きな人たちが、お互いに好意を持ち友情を感じ、そしてこれがとても大切なことであるが、尊敬し合っているという。ああ、なんてカッコいいの……。

そもそもユーミンというのは、トランプにおけるジョーカーみたいなもので、この人と組むとすべて光り輝く女性二人組になるような気がする。昔から彼女は若い才能を発見することにも長けていて、若いコを可愛がったりするのだ。

最近ではユーミンとアートディレクターの森本千絵ちゃんなんかもすごい組み合わせですね。八〇年代、ユーミンは女優の藤真利子さんともすごく仲よかった。あの頃のフジマリちゃんというのは、最高にとんがっていた女優さんであったのである。演技の実力を認められながらも、テクノポップをとんでもないファッションで歌ったりしたもんだ。懐かしいよなァ。

私は彼女のトンガリがいち段落してから知り合い、仲よく遊ぶようになった。夜遊びもいっぱいした。五年前に再会して、この頃また会うようになった私たち。そのフジマリちゃんからメールが入った。

「お芝居を一緒に観に行こう」

もう一人ということで、脚本家の中園ミホさんを誘った。そう彼女が書いたドラマ「花子とアン」に、フジマリちゃんも出演してますね。そうしているうち、

「ユーミンも来るって」

とメールが。緊張します。実は私、ユーミンとも長いつき合いであるが、友だちと思ったことは一度もない。あくまでもスターとファンの関係である。よってタメロなんかききません。それなのにフジマリちゃんは、ユーミンに好き放題のこと言ってる。羨ましいな。お芝居がはねた後、女四人で夜食をとった。シャンパンと赤ワインをがんがん飲みながら、サラダや軽い料理を食べる。他のテーブルの人たち、ちらちらってこっちを見てる。ちょっと得意かも。こんだけ仕事が出来る四人の女、しかもジャンルが違う女が楽しそうにご飯食べてるって、ちょっといい光景だと思いません？

それにしてもユーミンって、なんてカッコいいの！　なんて美しいの！　目の前に座った彼女に私は見惚れてしまう。

ユーミンが今も女たちのカリスマなのは、彼女のファッションセンスによるところも大きい。その夜は髪もアップにし、シャツにジャケット、スカートというきりっとした組み合わせ。ジャケットを脱ぐとスカーフがあらわになる。衿の両脇に抽象画風のを垂らし、深く開けたシャツの胸元には細いダイヤのチェーンが見えた。ちょっと

日に焼けたハチミツ色の顔には、法令線もシワもない。ピッカピカの肌。そうかといって整形したような不自然さではなく、若々しくナチュラルな美しさ。そしてプロポーションの素晴らしさといったら……。

「ユーミン、今日も素敵だった。フジマリちゃんとのコンビ、いいよねぇー」

と帰り道の車の中でつぶやいたら、中園ミホが言った。

「私たちだって端《はた》から見たら、すごく素敵な二人組らしいよ。私の『情熱大陸』、マリコさんと一緒のシーン見た人、みんな言ったよ」

そうだよね。そう思いたいよね。

見慣れたものたちが！

最近〝おかずクラブ〟の
オカリナちゃんに
似てるといわれる

このあいだのマガジンハウスの七十周年記念で、トークイベントをしたことは既にお話ししたと思う。

その時、スタイリストにマサエちゃんがついてくれた。スタイリストさんがついてくれるのも、マサエちゃんに会うのも久しぶりだ。いつもは自分で買った洋服を着て行く。

しかし、

「アンタのセンスは信用出来ない」

というテツオのひと言で、マサエちゃんが来てくれたのだ。

ところでスタイリストだからといって、素敵な人、とは限らない。

「どうしてこんな人が、ファッションの仕事をしているのか」

とびっくりすることもある。ヘンに悪目立ちするようなものを着ていたり、ただの地味なおばさんだったりすることがある。

が、マサエちゃんは自分も背が高く、まるでモデルさんのような体型だ。選ぶ服はシンプルで品がいい。彼女は元図書館の司書だったので、知的な雰囲気をつくるのが得意。つまり私にぴったりなわけ（!?）。

しかしマサエちゃんのスタイリストとしてのコーディネイト力がいくらあっても、そのゆく手には大きな壁が立ちふさがっている。そう、サイズというやつですね。私にぴったりのお洋服は、流行りのお店にはなかなかないのである。

「だからマリコさん、最近買ったお洋服見せてね。その中で考えましょう」

ということになる。

私は困った。というのはこのところ財政的にかなり厳しい。税金を払うために、うちの秘書はすごく苦労している。

「ハヤシさん、当分お洋服買わないでくださいね」

厳しく言いわたされているのだ。

が、私はショップに行った。今年のものをほとんど買っていないからだ。〝今年〟を手に入れなきゃ。ジャケットは二年前のものでも、スカートを今年にすれば、ぐっとイマっぽくなるというのは誰でも知っているとおり。今年といえばカーキですよね。私はカーキのスカートに、黒いスーツ、それからついでにベージュのワンピも買ってしまった。

カーキはもちろんロングである。今年はタイトのロング。そのくらい雑誌をいっぱい読んでるから知ってるの。

「あーら、すっごくいいものありますねー」

とマサエちゃんは、カーキのスカートに、前から持っていたベージュのジャケットを組み合わせてくれた。

「中は白い、花が浮き出ているプラダのTシャツにして、パールを垂らしてください」

するとどうだろう、見慣れたもんがいっぺんによくなったではないか。

私はこのコーディネイトで、今月五回ぐらい人前に出た。著作権があったらごめんなさいね。

さらに私は図々しくマサエちゃんにおしゃれ相談をする。

「あのね、夏の終わりに買って、どうにも着こなせないものがあるんだけどどうしたらいい？」

それはセリーヌの紺のワンピ（イラスト参照）。薄いVネックで、店員さんは、

「下をTシャツにして、上にニットを羽織れば今からでも着られます」

と言ってくれたのだが……。

先月のこと、ある女性誌のカラーグラビアページで某女優さんと対談することになった。

「十一月号なので、初冬の格好をしてください」

ということであった。

私はいろいろ考え、このワンピにしたわけだ。その日は九月の始めで、ものすごく暑い日であった。タイツははいたものの、ワンピの下は紺の透けるブラウスにした。しかも前のスケジュールがぎっしりで、ヘアメイクもつけられない。美容院にだけ行って、私は自分でメイクしたのである。

女優さんは当然のことであるが、スタイリストさんがついてきて、すっごく素敵なお洋服。二人並んでの街頭の撮影ではイエローのコートをお召しであった。女優さんだから美しいのはあたり前である。傍にいる私はタダのおばさん。ワンピにカーディ

ガンがすごく野暮ったい。

マサエちゃんはきっぱり言った。

「このワンピには、薄いグレイのニットを組み合わせてください」

それからと、ライダースジャケットを手にとった。それは五年前にやはりセリーヌで買ったもの。厚いコットンのカーキである。その時はものすごく似合っていたのに、その後デブになったのと、時代の流れでずーっと私のクローゼットの奥深く眠っていたものである。

「これ、ワンピにぴったりじゃないですか」

確かにそう！　紺のワンピにより、カーキのライダースも甦り、ライダースにより、ワンピもひきたった。

スタイリストって、なんてすごいんでしょう。

この組み合わせは、もう三回着て行った。どこに行っても誉められる。

しつこいけど、コーディネイトに著作権があったらごめんなさい。急におしゃれになった私でした。

〃つき合い始め〃論

夜の十時頃、ケイタイが鳴った。

「もし、もし、マリコさん、実はいま……」

プロポーズされたのでOKしたそうだ。男性の方も電話に出る。

「そういうわけで結婚することになりました。まずはハヤシさんにご報告しないとと思って」

そりゃそうですよね。二人をひき合わせたの私だもん。

何ヶ月か前、B子さんのことをネタにしたのを憶えているだろうか。私が時々行く某海外ブランドのショップに勤めている。前のショップでも私を担当してくれていた。

ほっそりした美人であるが、見ためよりもトシいってるかも。

一方私の友人A氏はバツイチの大金持ち。見かけはジャイアンみたいだが、やさしくてロマンティスト。いつも海外旅行に行くと写メを送ってくれる。このあいだは南極の写真が来た。

「いつもスイートルームに一人でいるの淋しいですよ。誰かいい人いませんかね」

としょっちゅう言われていた。

そんなわけで、一緒に買物に行きB子さんを紹介したのだ。そこのショップは高級店なのでめったにお客が来ない。二階にはソファがあり、バッグを選びながらゆっくり彼女と友人とをひき合わせることが出来た。

そして帰る時に、

「今度は三人でご飯を食べましょうね」

と私は言ったもののそれきり忘れてしまった。彼も恥ずかしいのか、そう積極的な行動をとらなかった。そうしたらB子さんから私のところへメールが。

「食事のお約束どうなっていますか」

彼女が一歩出てきてくれたことで、運命の歯車がまわり始めたのである。

三人で食事して二ヶ月もたたないうちに、ジャイアンからメールが届いた。

「この夏二人でフランスと地中海を旅行することにしました」

が、安心はできない。

なぜなら。ふつうつき合い始めた二人が海外旅行に行くと、いっきにプロポーズまでつき進むか、あるいは顔見るのもイヤになるかどっちかひとつだ。だからどっちに転ぶか心配で心配で、二人にメールで聞くことも出来なかった。

「でも吉と出てよかったよ。旅行から帰ったら、もう彼女にメロメロ。来年早々に入籍して、盛大な披露宴するんだって」

「あの、その……」

たまには食事をしていた目の前のイケメンが口ごもりながら言う。

「僕もこの夏、彼女と旅行したんです、地中海……。そして後者の方になりました。顔を見るのもイヤになった方です」

おーっとどよめく私たち。もし彼女が読んでいたら困るので詳しいことは書けないのであるが、旅行中いろんなことがあり、それがすべてマイナス方向に向かったという。

「いきなり海外旅行っていうのは、ハードル高かったんじゃないの」

と私は言った。

「初めての旅はまずは一泊二日からスタートでしょ」

ずうっと同じ部屋だと、女性は逃げ場がない。寝起きの顔も見られるし、トイレの大きい方もしなくてはならない。一泊だったら、大の方は我慢出来るのに。

「そうだよ、温泉にすればいいのに」

女性の一人が言った。

「あれならまったりして、仲よく出来るよ」

彼女は大の温泉好きなのである。が、私に言わせると温泉もハードルが高いかも。部屋にお風呂がついていたりすると、かなりカラダに自信がないと展開に困るかもしれない。

いずれにしても、結婚前の海外旅行、明暗はくっきり分かれるのである。そう、そう、英語力っていうのも大きいかも。男性の方がホテルでもどこでも全く言葉が通じず、邪慳《じゃけん》にされたりしたら悲しい。そこへいくと、私の友人ジャイアンは、若い時にアメリカに留学しているし、海外の仕事も多かったから英語もバッチリだったはずである。よかった、よかった。

つき合い始めに二人が行くところとして、私がお勧めしたいのは地方のお祭り。青森のねぶた祭りとか唐津のおくんちといった、由緒あるやつですね。街全体がうきうきしていて、歩いて楽しい。素朴な人たちとおいしいものが待っている。そしてそれほどファッションに気張らなくていいし、何より日本語が通じるのだ。京都という線もあるが、あそこは最近ホテルが取りづらい。そしてどこへ行っても中国人ばかり。ロマンティックな気分になかなかなれない。

そしてこれから彼と旅するあなた。歩き方もチェックされますよ。最近私はトレーニングでかなり変わった。

「ちゃんと筋肉つかわなかったんで、下半身にぜい肉がついたんです。十年前に来てくれたら体型まるっきり変わったのに」

そう言われるのつらい……。

コート・ハーレム

冬がやってくるたびにいつも思う。

「どうしてこんなに着るものがないんだろう」

ご存知のように、今年はスカートの形がタイトに長くなっている。短めのものやフレアーだと、なんとなくダサい。昨年のものを着ると、キマラナイのである。

秋冬の大きな流行というのは本当に困る。買おうと思っても、値段が高いのでなかなか手が出ない。

しかしショップに行くと、必ず勧められるのがコート。とっかえひっかえ、新しいコートを持ってきてくれる。

「今年はこんなのが流行ですよ」

確かに素敵。が、私は自分の持っているコートの数を考えるとやめてしまう。何枚かは親戚の者にあげたのだが、それでも八枚ある。ブラウスの八枚じゃない。コートの八枚となると置き場所にも困る。私はクリーニングの白洋舎に預けたり、あるいはネットで調べた倉庫会社に頼む。秋まで預かってもらうのだ。

今年も八枚どどーっと返ってきた。

ヒトは言うであろう。

「ふつう八枚いらないじゃん。どれか整理したら？」

もちろんそうですけど、この八枚はどれも個性的。グレイのチェスター型があるかと思うと、ベージュと、オフホワイトのラップもある。そう、そう、昔買ったセリーヌの紺のコートは、裾や袖が切りっぱなしでとても気に入っている。

みんなそれぞれ愛《う》いやつ。コート・ハーレム。

うんとうんとその年ご寵愛するコートもあれば、一度も袖を通さなかったコートもある。ならば次の年にそれを処分すればいいのであるがやっぱり出来ない。コートは値段もうんと高いので、おいそれと人にあげたり出来ないのだ。

何よりもコートは一枚で自分を表現する。

どんなコートを着ているかで、その人がわかる、というもんである。

この頃、季節もまだ早いことがあり、革の黒いコートばっかり着ている。これにマックイーンのスカルのスカーフを合わせる私って、ちょっとパンクしたいんでしょうか。

そんな私のコート・ハーレムに、今年もう一枚が加わることになった。別に買ったわけじゃない。新潮社が自分のところでやっているセレクトショップ（ラカグ、有名ですよね）で、コートを売り出すことになった。そこに私の短いエッセイと、なにかお気に入りの手持ち品を展示するんだと。

「原稿料はないけど、その代わりコートを差し上げます」

とのこと。そのコートはそう高値なものではなかった（ホント）ので、喜んでいただくことにした。トルコブルーをもっと深くした、とても美しい色。一枚仕立てになっていて、今にとても重宝しそうだ。が、目立つ分、とても着こなしがむずかしそう。デニムと合わせるとありきたりだし、黒いもんでまとめるか……。

私はコートに関してはかなりミエっぱりだ。かなり無理してもいいものを買うかも。それはなぜかというと、コートというのは他人にゆだねることがとても多いから。

海外のレストランで預けたりすると、ちらっとタッグを見て値踏みされるのがすぐにわかる。

　しかし今日、友人と会ったら〝負けた〟と思った。ひと目でシャネルとわかるニットのコートを着ている。

「す、すごい。シャネルのコートなんて」

　とびっくりしたら、

「ハワイのバーゲンで、やっとの思いで買ったから」

と言っていたが、バーゲンでもいったいいくらぐらいするのであろうか……。

いろんなファッション誌編集者が言うことには、

「今年、コートを買うならグッチでしょ」

　とのこと。デザイナーが変わってものすごくいいんだそうだ。ネットで見たら確かに素敵であるが、おそらくお高いことであろう。毎年毎年ブランドのコートを買う人っているんだろうか。もしいたとしても、どうやって保管するんだろうか。疑問である。私と同じように保管してもらうんだろうか。

　コートといえば、ある男性が告白した。

「彼女と初めてデイトした時に、僕がコートを脱がせてあげたんだ。そうしたら中がノースリーブ。背中もかなり開いていた。目がくらくらしちゃった」

こんなテクは、ふつうの女性にはまぁなかなか出来ることではないけれど。私は男の人のトレンチコートが大好き。若い男の子が、ダッフルを着てるのもいいですよね。

ところで知ってました?

「銀行員とえらい人はコートを着ない」

ということ。うちに集金に来たり、ハンコもらいにくる銀行の人は、真冬でもコートを着ていない。お客さまのところへ行くからだそうだ。それから運転手つきの車に乗っている人も、コートを着る必要はない。えらい人やお金持ちのコート姿をなかなか見ることがないのはそのため。真冬の街、コートで歩く楽しみを知らないのは可哀想ですね。

運命共同体

私がどれほど靴について悩まされてきたか、もう何度もお話ししたと思う。
極端に幅広で甲高。どんな靴を履いても小指にあたる。よって外国製の、しかも幅の広い木型のメーカーでなくてはダメ。国産のものだと革自体があたるんだ。
そのうえ体重があるもんだから、すぐに底が減ってくる。新しい靴も二ヶ月すると、すぐにカンコン音がする。どういうことかというと、ヒールがすり減って、鉄の部分が出てくるため。
すごく恥ずかしくつらい日々をすごしてきた。だから履ける靴があるとすぐに買う私。次第に靴が増えてくる。

「ハヤシさんって、いつもステキな靴を履いてる」

とみんなに言われるから、張り切っていい靴だって買っちゃう。

しかし慣れないうちは本当に痛い。まるで拷問だ。

ある日ドラッグストアでいいものを見つけた。丸いプラスチック製のもので、靴に指があたるところをカバーするという。さっそく買って小指にあててみたらいい感じ。このすぐれモノを、次に行った時に買い占めた。が、次に行った時はもうなかった。なぜなんだろう……。

こんな風に靴に悩まされている私であるから、すごくイヤなのは突然脱ぐことになること。あらかじめ座敷とわかっていれば、新しいいい靴にするんだけど。

先月のこと、ある街にシンポジウムに出かけることになった。親しい人何人かと一緒だ。行ってみたら驚いた。そのホールって、なんと靴を脱いでスリッパに履きかえるではないか。

「だから田舎ってイヤだわ」

ぶつぶつ言ってももう遅い。そこに並べられた私の靴って、あきらかにおブス。

その日は薄い茶とカーキのコーディネイトだったため、ベージュのエナメルの靴を選んだ。かなりくたびれているけど仕方ない。合う色がこれしかないんだから。中底が白なので、ちょっと汚れているのがはっきりわかる。そして、かなり悲劇的なことに、あの小指をカバーする丸いプラスチックが上から落ちて下にへばりついていた。だったらすぐに直せばいいのに、そうしないところが私ですね。

シンポジウムが終わり、まっ先に玄関に駆けつけたのに、何かみんながぞろぞろ出てきて前を遮る。おかげで私の靴をすっかり皆に見られてしまった。横に拡がり、ちょっと汚れてて、トクホンみたいなプラスチックがついてる私の靴。靴なんか売るほどあるのに、どうしてこんなものを見られるのか。裸とはいわないけど、水着姿を見られるぐらい恥ずかしい……。

そしてこの後も、私の靴との悩む日々は続いている。

今年の夏はスニーカーが大流行であった。私はドルチェ&ガッバーナの白いのを持っていた。これが大活躍なんてもんじゃない、あらゆるシーンに頑張ってくれた。同じようなものを手に入れようとショップに行ったら、もう白一色は扱っていないとのこと。そのかわり、今年の新作をすすめられた。

それは紐がゴールド、ところどころが花模様になっているお派手なスニーカー。私はスニーカーは白と決めているのであるが、あまりにもかわいいのでつい買ってしまった。しかし値段がすごかった。

十万円以上するスニーカーって聞いたことありますか!?

が、衝動買いをしないことには、生きていけない私は買ってしまいましたよ。

靴といえば、このあいだセリーヌで新作を買った。それは真ん中に長いスリットが入っている。一緒に行った友人が、

「騙されたと思って買ってみ」

と勧めてくれたのである。

確かにものすごくラクチン。低めのヒールがすごく歩きやすい。私はこの靴を偏愛するようになった。しつこくしつこく履いた。そしてやがて聞こえてくる。あのイヤな足音。

カーン、カーン、カーン……。

修理に出さなくてはと思っているうち、取材旅行に行くことに。

いつもならデニムにスニーカーという格好なのであるが、男性も混じることもあり、ついしゃれ心を起こしてしまった。

一日めはセリーヌのワンピに、このシューズを合わせた。そして革のジャケット。

我ながらいいじゃん、と思っていたのであるが、現地についたとたん、ザーッと大雨

となった。それはもう、集中豪雨といっていいぐらい。舗装していない道が多く、あたりはたちまちぬかるみに。

買ったばかりのセリーヌの靴は、泥にまみれていく。濡れていく……。

ごめんね、と私は思った。

世の中には細身の足を持った女の人が何人もいる。体重も軽い。そういう人たちは、いつも高いヒールやおしゃれな靴を難なく履きこなし、靴もいつも美しいまま。

それなのに、私はいつもお高い、生まれ育ちのいい靴に艱難《かんなん》辛苦を与えている。だけど私もつらい。そお、私たちは運命共同体なんだね。

昨日と明日が同じなんて

今年も残り少なくなってきた。

あんまりいいことのなかった二〇一五年。出す本はどれも売れなかったし、人間関係はトラブルいくつか。ネットを炎上させたこと一回。ワルグチを本人に誤送信したのが一回。

ダイエットは、新しく漢方薬をやってすぐに八キロ痩せたのに、だらだら食べてたらかなり元に戻った。

このあいだ秋元康さんと話してたら、

「昔からマリコさん見てるけど、痩せ期があって、そのあとリバウンドがあって、元に戻って……のこの三パターンの繰り返しだよね」

　と笑っていた。

「ひどいじゃん」

私は反撃に出た。

「ほら、高知でみんなでミュージカルやった時、私、ものすごく痩せてたよ。あの時、私のこと痩せ過ぎだって、みんなが心配したんだよ」

　これ本当。うちの秘書のハタケヤマに言わせると、当時友人、知人から、

「ハヤシさん、ちょっと心配だよ。あれじゃ病気っぽいよ」

　と何本も電話がかかってきたのだ。

　しかし秋元さんは、そんな私を全く憶えていないという。他の人も同じだ。人というのは、いちばん特徴的な時しか相手を記憶しないのかもしれない。

　そうそう、がっかりしたことはもうひとつ。今年の春の終わりに私は決心した。

「夏には絶対にノースリーブを着られるようにしよう」

　私の腕のつけねの下の方は、たっぷんたっぷんやわらかいお肉がついている。〝ふり袖〟なんてもんじゃない。こうなると〝水かき〟ですね。そう、カエルさんの指の間にあるあれ。

これを何とかスッキリさせたいと、この飽きっぽい私が、毎日テレビを見ながらダンベルをした。チューブもした。壁に向かい腕立て伏せもした。よく頑張った。しかし八ヶ月たった今も、私の腕には〝水かき〟がついている。

夏にノースリーブを着たには着たけれども、腕を常に脇から離し、ぴったりくっつかないようにしましたよ。

なんか空しい歳月であった。

ひとついいことは、他人を幸せにしたということであろうか。そお、このページで何度も話したと思うが、私の友人のバツイチ大金持ちA氏に、ショップに勤める、私担当のB子さんを紹介したところ、あれよあれよとうまくいき、半年で結婚ということに。このあいだ南フランスに婚前旅行に行ったけど、暮れは入籍してニューヨークに二人で行くんだって。

彼はお金持ちのうえに、美術やクラシック、演劇が大好き。有名人のお友だちがとても多い。美人の奥さんが嬉しくて、あちこち連れまわしているみたいだ。

このあいだ三人で食事をしたら、B子さんはとても幸せそうであった。彼女は品のいい美人であるが、三十も終わり。私は以前からショップに寄るたびに、

「人生を変えてみたら。結婚なんかいいかもね」

とずっと言い続けてきたのだ。

なんかお節介な客ですよね。めったに買わないくせに。

が、B子さんは食事の後、メールでこう言ってくれた。

「結婚しないで、こう生きていくのも運命かなぁって、ずうっと思っていたんです。そうしたらマリコさんが、ちゃんと結婚しなさい。いい人がいるからって彼を紹介してくれたんです。あの時、人生を後押ししてくれたマリコさんに本当に感謝していいます」

私もいいことしてるじゃん。

が、友人は地方に住んでいるので、B子さんも引越すことになる。今まで都会で好きなように生きてきた彼女にとって、今度のことは大きな決断であったろう。

私はメールを返した。

「昨日と明日が同じなんて、つまらないことだと思いませんか。少なくとも私はそう考えて生きてきました。これから大変なこともあると思うけどB子さん頑張って」

そう、そう。例の恋の猫シール、みんなに分けてあげてどんなに感謝されたことであろうか。

「魔性に魔力を与えた」

ということで、今、友人の中園ミホは大変なことになっているらしい。

「本当にすごいんだから……」

と意味ありげな微笑をうかべていた。

その他にも、かなりトシいった女性編集者から、

「ハヤシさん、ありがとうございました。威力すごいです」

と村上開新堂のクッキーとともに、ちゃんとしたお礼状が送られてきた。

私はといえば、猫シールの効きめは、元カレから連絡があり、もう一人別の元カレとご飯を食べたことであろうか。この元カレは相変わらずカッコがよく、本当に腹が立った。昔好きだった人がショボくなってるのは悲しいけど、レベルを保っていると頭にくる。本当なら私のものになっていたかもしれないのに……。

来年はちょびっと返してもらおうかなと思う私である。あ、いけない、こんなことを考えては。

〝姉弟子〟に誓う

毎日
マッサージしてるの
と、
テツコさんは言った。

若い女優さんと対談をした。

人気絶頂のそれはそれは美しい女の子。おとなしいけれども、それはまだ芸能界に慣れていないせいで、ピュアな愛らしさが漂う。真っ白い肌に大きな瞳。見惚れるぐらいキレイ。

その合い間にも、ヘアメイクさんやスタイリストさんたちが、彼女の衿元や髪を直していく。他にも事務所の人が二人ついてきていた。

「こんなに若いのに、彼女のために、こんなにたくさんの人が働いている。スターっていうのはすごいなァ」

と感心してしまった。

そして次の日、スターでも何でもない私でありますが、某スタジオにいた。着物雑誌の撮影のためである。

とっかえひっかえ、五枚の着物を着て写真を撮る。そのためにヘアスタイルも変えていく。

私のために、カメラマンと助手二人、スタジオマン二人、着つけの人と助手、ヘアメイクさんと助手、編集者二人、合計十一人が働いてくれているわけ！

撮影が終わると、さっと着つけの人が脱がせてくれ、ヘアメイクさんが髪を直してくれる。

かなり気分が高揚してきます。なぜなら写すたびに、みんなが全員で、

「わー、キレイ。ステキ。本当にキレイ」

と合唱でお世辞を言ってくれるんですね。

申しわけなさでいっぱい。

「最近またデブになっちゃった。きっともっとキレイになりますからね」

もう遅いかァ……。

ダイエット仲間のサエグサさんが言う。

「僕がこんなにダイエットを頑張るのは、やっぱり人前に出るからだよ。みっともないとこ見せられないもん」

私も同意見。

芸能人でもないおばさんが、こんなに写真に撮られることはまずないと思う。美しさなんて誰も期待していないと思うが、せめて若々しく、おしゃれに見せたいわけ。

そのために美容も頑張っているんですね。

頑張っているといえば、このあいだあるパーティーに行ったら、知り合いが〝お直し〟していてびっくり。リフトアップの手術をしたらしく、キツネのお面をかぶっているみたいになっていた。しかし本人はすごく満足しているみたいだ。お化粧が一層濃くなり、髪もお派手なカールがついていた。すごーく怖いおばさんになっていることに気づかない。

「どんなにつらくても、あれだけはやめよう」

と決心した私である。

そして昨日、久しぶりに黒柳徹子さんにお会いした。紅白の司会も決まって、ますますお元気だ。

「ハヤシさん、お久しぶりね」

とやってきた黒柳さんの肌は、相変わらずすごくキレイ。近くで見ればよくわかるが、頬のあたりの肌理が細かくすべすべしている。弛みもほとんどない。これで八十を過ぎているなんて信じられないぐらいだ。

「私ね、ハヤシさんにおめにかかったら、すぐ聞いてみたいことがあったのよ」

黒柳さんの日本語はいつも丁寧で美しい。

「あなたね、田中宥久子さんが亡くなって、いったいどうしていらっしゃるの。すごくお困りじゃないの?」

あぁ、そうだったと思った。

三年前に亡くなった田中宥久子さんは、造顔マッサージというのを開発した。自分の掌で思いきりリンパを流すというやり方だ。

私はこの田中さんにとてもよくしてもらい、いつもテレビや雑誌の撮影があると、赤坂のアトリエに行き、二時間ぐらいかけてマッサージをしてもらった。

黒柳さんも田中さんのところへ通っていらして、三人でテレビ「ボクらの時代」に出たこともあったっけ。

「ハヤシさん、私は毎日朝晩、田中さんから教わったとおりマッサージを欠かさないわ。どんなに疲れて帰ってきても、ちゃんとマッサージをするの」

黒柳さんの美肌はこのためだったのだ。そこへいくと、私は田中さんが亡くなってから、ずっとリンパマッサージをおさぼりしていた。

「田中さんみたいにいい方はいなかったわね。人をキレイにするために、お金もうけのことなんか全く考えずに一生懸命やっていらしたわねぇ」

そうだった。私は田中さんから、

「一人でマッサージが出来るように」

と特訓を受けていたのだ。田中さんは黒柳さんのことが大好きで、

「いつもね、テレビでチェックしているの。ちょっと違うな、と思うとお電話するの。マッサージのやり方間違えてませんかって」

そうだわ、あの時のスタッフを除いて、〝田中流〟を継承するのは、私と黒柳さんだけになったのだ。いけない。こんなサボっては。

「私、明日から頑張ります。またやります」

私は〝姉弟子〟に誓ったのである。

脱・〝着たきり〟スズメ

女優さんやタレントさんは、人前に出る時真冬でもナマ脚だ。ナマにしないと、洋服がきまらないからだろう。

先日、ある女優さんと対談したら、ミニスカートにナマ脚であった。思わず、

「寒くないですか」

と尋ねたら、

「寒いですよオ〜」

という返事。すっかり好感を持った。

私はもちろん冬はタイツ。フラットシューズにもヒールにも合わせる。タイツは黒の五十デニールと決めている。

が、合わない時も多い。ベージュの服にした時はもちろん黒いタイツを穿《は》かない。えんじか、うんと濃いベージュにしている。

しかし何かきまらないんですよね。ベージュの服の時は、いったいどんなタイツを穿けばいいいんだろう。

ずっと悩んでた。そしてこのあいだ女性誌を見ていたら、

「タイツの合わせ方」

という特集が出ているではないか。それによるとベージュの服の時は、ミッドナイトブルーのタイツ、それも透け感があるものが正解だという。紺のスカートにももちろんこれ。なるほどと思い、私はミッドナイトブルーのタイツを探し求めた。しかしそんなもの、どこにも売っていないではないか。コンビニにも量販店にもない。ファストファッションの店にもない。

いったいどこにあるんだろう。

そりゃデパートのストッキング売場に決まっている。私はさっそく出かけた。ミッドナイトブルー。確かにあるにはあったが値段が高い。一足千五百円とか二千円もす

る。しかしこういうところに凝るのが、本当のおしゃれなんですよね。

スタイリストの人たちは言っている。

「冬の街で女の人たちを見るけど、どこかあかぬけない。黒のタイツがいけないのではないか」

ということだ。

そりゃそうかもしれないけど、近くに売ってなくて、高いもんを揃えておくのは大変である。黒タイツなら、たいていワンコインで手に入るのに。

他の人はどうだか知らないけれど、冬になると何とはなしに、おしゃれをしようとする気が減少していくのは確か。なぜならコートを着ると中のものは隠れちゃうし、ニットにスカート、黒タイツにブーツを履けば、まぁ何とか可もなく不可もなく、「一丁あがり！」

という気がしませんか。

そのうえ、冬の服はとても高い。スーツやジャケットを何枚も買うことは出来ない。するとつい同じもんばっか着ることになるんですよね。

こんな不精ったれなのは私ぐらいであろうか。私はここのところ、ずうっと同じスーツばかり着ていた。インナーはその時々で変えていたけれども。

昨日のことである。ふだん行かないサロンでヘッドスパをやってもらい、髪をいつもよりもふんわりさせてもらった。そうしたらものすごくいい感じ。いつもとは違うジャケットにグレイのインナーを着て、アクセサリーはうんと考えた。考えた結果、長いパールを二連に垂らしてみた。そうしたらたまたま取材にやってきた編集者が、

「ハヤシさん、今日のヘアメイクさん、すっごくいいですね」

だって。

「髪はふつうのサロンで、メイクは私がしたけど」

と言ったらびっくりしてた。フフフ……。

そのあとは銀座にお出かけ。ちょっと気の張る人と食事をすることになっているのだ。いつもより高めのヒールを履いて、グレイのチェスターコートを着てみた。そうしたら我ながらいい感じ。コートからちらちら見えるパールもきいてるみたい。

気のせいか、一緒に食事をした男性もとてもやさしくしてくれる。食事をしたあと、一杯飲みに行こうということになった。そして銀座の一本入った通りを歩いていたら、某ブランド店から店員さんに見送られて男性が出てくるところであった。一目でシロウトさんじゃないとわかった。髭をはやしたいかにもギョーカイ人。つばの広い帽子をかぶり、首にショールを幾重にも巻きつけている。ものすごくファッショナブル。

ものすごく気合入ってる。近づいていってびっくり。私と親しいファッション誌の編集長じゃないか。

「あれー！」と二人で叫び合う。結局一緒に飲むことになった。

しかしおしゃれな人って、ふだんこんなに頑張るんだ。どこへ行くわけでもないのに、帽子をかぶりコーディネイトきめてるんだ。タイツが高い、と言ってる私が恥ずかしい。

この日は、いつもの〝着たきりスズメ〟していなくてよかった。髪もメイクもきまってってよかった。私だって物書きとしてこのギョーカイの片隅に生きてるんだものね。

いろんな相続

東京に住んでいる人なら誰でも知っている、某老舗企業の社長令嬢と知り合ったことがある。社長令嬢といっても、サラリーマン社長のそれではない。れっきとしたオーナー社長のひとり娘。

「資産数十億を相続する」

と言われている女性だ。

家柄も資産もすべてに恵まれていたが、可哀想なことに容姿に恵まれていなかった。今どきちょっと珍しいぐらいナンだったのである。

化粧やファッションセンスでどうにでもなるレベルじゃない。彼女がヴァレンティノやエルメスをまとって現れるたびに、

「顔の方にも使えばいいのに……」

とひどいことをささやかれたものだ。

そのワルグチが聞こえたかどうかはわからないけれど、彼女は最近お顔を直した。それも多少の直し方ではない。全くの別人にしてしまったのである。

パーティーで、

「マリコさん、元気?」

と言われても全くわからなかったぐらいすごい。

「えーと、どなたでしたっけ」

「○○ですよ」

「えーっ!」

ここまで露骨に叫んだら、やはり次の言葉を言わなくてはならないでしょ。

「変わっちゃって、誰かわからなかった」

そう言うと、彼女は嬉しそうにニコッと笑ったのである。

が、この話を若い友人にしたら、

「いさぎよくていい」

と誉めていた。

「そのくらい顔を変えれば、人生も変えられますよね」

確かに彼女は恋多き女性だったが、いつもフラれていた。それも手ひどいフラれ方だ。これからはよりどりみどりかも。

「マリコさん、私はお金があったら、顔を北川景子さんにしたいです。マリコさんは誰ですか」

「北川景子ちゃんか、いいなぁ……」

女ってこういう時、すぐに夢想にふけりますよね。

「私は鈴木京香さんかしら。モテるっていえば石田ゆり子さんもいいなぁ」

そういえば今日スポーツ紙を読んでいたら、石原さとみちゃんが、

「いまいちばんなりたい顔」

に選ばれたそうだ。

「親に感謝します」

という言葉に、深くうなだれる私。娘を持っている親に、このひと言はキツいわ……。

さて暮れのある日、中川翔子ちゃんの初めてのディナーショーに出かけた。しょこたんとは七年ぐらい前に、対談で一度会っただけだ。しかしあまりにもピュアな愛らしさにびっくりしてしまった。黒目がちの大きな瞳は、白いところが少し青味がかっている。真っ白い肌に小さな唇と、少女漫画から抜け出してきたというのは、こういうことを言うんだろうなぁと感動してしまった。

そうするうち、この二年ぐらいしょこたんママと仲よくなった。ママはしょこたんそっくり。きゃしゃな体に可愛い顔がついている。ご存知のように、しょこたんパパは有名な歌手だったが、若い頃に病気で亡くなってしまった。しょこたんはずっとママと二人きりで生きてきたのだ。だから二人、ものすごく仲がいい。ディナーショーの時も、ママは私の後ろのテーブルで、娘が歌うのをずっと見守っていた。

しょこたんは最初は、リカちゃん人形のようなスカートがふくらんだ赤いドレス、そして次に真白いレースの、ふわっと広がった長いドレスに着替えてきた。これが可愛いのなんのって！　青いシルクのリボンがついている。

そして何よりしょこたんは歌がうまい。初めて挑戦するシャンソンも、アメイジング・グレイスも素晴らしかった。高音部は澄みきっていて、よく出ている。

後ろを見たら、ママの目がうるんでいる。こんな娘を持ったら、どれほど嬉しいだろうか。いいな、いいな。

そして思う。これだけ美しい容姿を娘に与えられるお母さんって、なんてすごいんだろうか。女の子なら、人生の幸福の七割を最初からあげたようなものではないか。しょこたんは本当に「親に感謝」だ。

が、あの社長令嬢のように、いい外側は貰えなかったけど、お金はどっちゃり貰えた女の子もいる。

そういえば私の母は、

「美人に生まれたかった」

と文句を言ったら、

「いい頭と健康な体はあげたんだから我慢しなさい」

とよく言っていた。あれはうまく誤魔化してたんだな。今頃になってやっとわかりましたよ。私ってホントに頑張ったんだよな。

ヘルスメーターの神さま

暮れからお正月にかけては危険な季節。

忘年会、新年会と、おいしいものをガバガバ食べるときである。お酒も飲む。

朝起きると、

「あー、やってしまった……」

と悔いが残る。私はうちにいる場合、昼食はうんと軽くして、夜はつまむ程度。よって朝に空腹を感じると、よし、と頷くのである。

が、夜の宴会はつい食べてしまう。フレンチのデザートはおいしいし、和食のシメ

のご飯もおいしい。

そして自己嫌悪から、朝ヘルスメーターにのるのをやめてしまう。誰でも知っていることとであるが、ヘルスメーターにのらないうちに体重が減ることはまずない。トイレにも神さまがいるが、ヘルスメーターにも神さまがいる。そして毎日のって計らないと、怒って体重を増やすんやでー。私なんか自慢じゃないが、一週間のらないと、二キロぐらい増えるんやでー。

そんな私がいま、いちるの望みを託しているのが、以前お話ししたと思うが漢方ダイエット。ものすごくまずーい漢方を、自分で煎じて飲む。自動のポットみたいなものにかけて三十分煎じる。それを毎食飲むと、食欲がぐっと落ちるという。私のまわりの友だちはみんなやっている。熱心な人は、ポットに入れて昼ごはんの前に飲んだりしているが、私には無理。

まぁ、それでも朝は必ず、このまずーい漢方を飲んでいるのだ。それに最近、これにハリとお灸が加わった。

皆さん、お灸をしたことがありますか？

よく「お灸をすえる」というけれども、実際にした人は少ないであろう。モグサを丸めて、肩とか足の裏などツボに置いて火をつける。そしてじわじわと血行を促すのであるが、その熱いのなんのって……。

「熱くなったら言ってくださいね」

と言うのであるが、少しぐらいは我慢しようと歯をくいしばってぐっと耐える。

「もうダメーッ」

と思うときに、やっとモグサがはずされるのである。

お灸に比べたらハリはどうということもない。さらにつらいのは、お灸のあとのマッサージ。足の裏を二人がかりでもんでもらうと、あまりの痛さに悶絶してしまう。

が、これで痩せられたらと、じっと我慢する……。

というようなことを先日話していたら、

「マリコさん、最新のもっといい方法があるよ」

と某有名人が教えてくれた。

「お腹のぜい肉を、いっきに分解させて溶かしてしまうんだ」

この頃、ITのお金持ちがみんなやっているそうだ。

「だけどお金かかるよ。お腹の肉は、ひとつまみ七万円だよ」

うへーっ七万円！　私は思わずカウンターの下で自分のお腹をつまんでしまった。

するとどう考えても十つまみぐらいあるではないか。じゃー、七十万か。ちょっと無理だな。

　そんだけお金がかかるなら、腹筋やった方がいいかも。まぁ、たぶん腹筋なんかしないだろうけど。

　さて、この漢方の治療院は、とある私鉄沿線の商店街の中にある。最初はタクシーで行ったが、かなりかかるので、この頃は渋谷から乗り継いでいく。

　昔ながらのとてもいい商店街で、お惣菜屋も充実。鶏のカラ揚げやギョーザを買って帰ることもある。

　ある日のこと歩いていたら、中年の女性がわざわざ自転車で追いかけてきた。

「ちょっとオー、ハヤシマリコさんじゃないの？」

「はい、そうですけど」

　ややまずい状態。私は人前でこういう風に大きな声で言われると困るんですよね。

「ハヤシマリコさんが、どうしてこんな商店街を歩いているんですかッ⁉」

「あの……ハリとお灸に来てます」

「まぁ、お灸！」

　びっくりされた。

「大変ねぇ。でも私、ハヤシさんの本、いっぱい読んでるのよ」

彼女は自転車を停めて、すごく大きな声であれこれ喋り出し、私は、

「あ、もう約束の時間なので」

と逃げ出した。

ところがその女性と、もう二回会っているのである！　その商店街で。私が漢方医のところへ行く日にちや時間は決まっていない。月に二回ぐらいだ。それなのに私が商店街を歩いていると、その女性が自転車に乗ってやってくる。

「ハヤシさーん！」

別にストーカーとかいうんじゃない。買物中の彼女と途中で会うのだ。このあいだは、

「それでハリとかお灸、効いてんの」

と聞かれ、

「こんなもんです」と言ったら笑われた。

女の子はどうしたら

お正月はだらだらと過ごし、毎朝すんごい寝坊をした。毎日八時間から九時間は寝ていた。

おかげで肌がピカピカ。

「睡眠というのは、これほど肌にいいものであろうか」

とあらためて思った。

そしてこの際だから、貰いもののパックもしてみる。知り合いから暮れにプレゼントされたのは炭酸パック。びっくりするぐらい顔が上がるそうだ。ふたつに分かれていて、上から押して中の境目をプチッと破る。そして炭酸を発生させるのだ。えーと、炭酸をつくるのは、何と何を混ぜるんだっけ。全くわからない。リケジョの人、考えてください。

そして毎朝十時ぐらいに起き、このパックをしたら肌はさらにいい感じになる。ああ、お金持ちと結婚したかった、と思うのはこんな時だ。ガツガツ働きたくないよ。

ところでこの号が出る頃には、ちょっと古い話になっていると思うが、ベッキーかわいそうですね。今日、駅を歩いていたら、

「ベッキー　引退か」

という夕刊紙の広告が出ていた。

ベッキーには二回、対談で会っているが本当にいいコであった。話が終わっても、カメラマンがしつこく撮ったが、嫌な顔ひとつしない。

対談をしといて、こういうことを言ってはいけないんですが、人気女優の中には信じられないぐらい感じの悪い人がいる。ほとんどの人は、とてもいい感じでこちらと会ってくれるのであるが、あの人はひどかった。

「一時間しか時間をとれません」

とかいうことで、某スタジオに呼び出された。言っておきますけど、この話は彼女主演の映画のプロモーションとして、映画会社から売り込まれたワケ。それなのにメ

イク室に閉じこもって出てこない。十五分も遅れて姿を現したが、〝すみません〟のひと言もなかった。売れっ子なので、マネージャーも何も言えないらしい。結局、話を出来たのは四十五分だけ。

私は脚本家やテレビ局のえらい人に会うたびに、

「あの女優、映画やテレビで見てファンだったんですけど、いっぺんで嫌いになりました」

とワルクチをつい言ってしまう。

いけない、話がそれた。ある人が言ってたっけ。

「芸能界でいちばん性格のいいのは、ベッキーと上戸彩ちゃんだよ」

二人が親友なのもわかるわ、と私は微笑ましく思っていた。

ベッキーに聞いたことがある。

「恋愛はしないの？」

「それは私へのごほうびだと思ってます。ちゃんと一人前になれたら、誰かとおつき合いしたい」

あれは十年ぐらい前だったろうか。今彼女は三十一歳。押しも押されもせぬ一流タレントだ。ＭＣだってしている。ＣＭもいっぱい出ているから、事務所を支えているという責任感もあったはずだ。身を慎んでスキャンダルひとつなかった。

その彼女が好きになったのは、音楽をつくるアーティスト。まずは彼のつくった歌が好きで好きでコンサートに行く。尊敬や憧れを持つ。ふつうの女の子なら、ただの熱狂的ファンになって終わるんだけど、有名人だとそんなことはない。当然楽屋にも行き、

「打ち上げにも出て」

ということになる。そして交際が始まる。

彼女だって、まさか二十七の売り出し中のアーティストに奥さんがいるとは思ってもみなかっただろう。告白された時は、もうそーゆー仲になってからだと私は推理する。

こういう時、女の子はどうしたらいいんだろうか。

「奥さんがいるんなら別れます」

ときっぱり言うのが正解であろうか。そんなこと出来ませんよね。いい年のＯＬが、

「独身の思い出に」と、おじさんとつき合うのとは違うと思う。

彼の気持ちもわかる。急に売れ出した「ゲスの極み乙女。」。芸能界に入れば目もくらむような美女がいっぱいいる。ベッキーみたいな可愛いコが、自分のことを好きだ

と言ってくれる。

「ちょっと早まったかな」

と思っても不思議ではない。やがて二人はこう誓い合ったであろう。

「二人で頑張ろう。二人でこの困難を克服して幸せになろう」

まずは奥さんと別れる「卒論」を、ちゃんとクリアしようと言い合ったのだ。

ベッキーはとても嬉しかっただろう。だから二人の写真を友だちに送ったりした。今その信頼していた友人に裏切られたんだ。写真どころかLINEのやりとりまで週刊誌に載った。

ベッキー、泣かないで。つらい恋だけど悪いことはしていない。ツイッターでは悪口ばっかり書かれているけど、みんな本気の恋をしていないからだ。いけない、と思ってもつっ走ってしまう。こんなスリルある体験をした人がうらやましいだけ。

美人の習慣

久しぶりに会った友人が、かなり小顔になってい た。どうしたの？　とみんなが聞くと、

「最近開発されたコロコロで、一ヶ月間徹底的にやったから」

という。コロコロというのは、美容ローラーのことですね。私も三つ持っている。最初の頃は四角であったが、最新のは先端が肌に吸いつくように丸くなっている。二万円以上したのに、すぐ飽きてそのへんにころがっているはず。さっそく取り出して、テレビを見ながらコロコロする。

私のことだから、そう長続きはしないと思うのであるが……！

しかし、私にもすごく長く続いていることがある。今、思い出した！　それはエレベーターを待っている間、首を上にあげ、い〜っと唇を横に拡げること。そしてエレベーターの扉が開き、中に人がいない場合は、中に入り首を上に固定したまま、「ア・イ・ウ・エ・オ」と発音する。こうして二重顎と首のシワ防止をしているわけだ。

こわいもので、デパートでもファッションビルでも、エレベーターの表示を見ているとすぐにこの「イーッ」をやってしまう。まわりに人がいてもだ。しかしもう習い性になっているようである。

このあいだ雑誌を見ていたら、首のシワにいちばん効くストレッチというのがあった。それは首をつっぱらせて、大きなたての線が浮かぶようにする。そして「ヒッヒッヒッ」と声を出すのだ。これもクセになりつつある。テレビを見ながら、お風呂あがりに、

「ヒッヒッヒッ」

と笑っている私。

「気味が悪いからやめてくれ」

と夫からクレームがついたが、やっぱり気がつくとやってる。

私が思うに、美人というのは「自然にやっている習慣」を五十個ぐらい持っている

のではなかろうか。私のまわりでも、

「夜は炭水化物を食べない」

「毎朝三十分ランニング」

「スムージーを食べる」

「寝る前にスクワット」

とかいろいろやっている。それにひきかえ私は「イーッ」と、

「ヒッヒッヒッ」

ぐらいだから情けない。

このあいだは別の雑誌を見ていたら、あるタレントさんは毎日二時間のストレッチやマシーンをし、週に二回泳いでいるそうだ。私はびっくりした。いくら美しくなることが仕事だといっても、毎日二時間というのはすごすぎる。これだけあれば別のことが出来るのではなかろうか。

「じゃ、別のことって何よ」

と聞かれると困るが、本を読むとか映画を観るとか……。うーん、どっちが有意義というのは言えないだろうな。私にとって読書というのは人生の大きな要素であるが、美しくなることにもっと大きな価値を見出す人もいるかもしれない。それに本を読ん

でる方がエラいというわけでもないしな。本を読んでも外見には出ない。非常に出づらい。内面がどうのこうの言っても、外見にパーッと出てる方が強い。

もともと磨けば光る顔とボディを持っていれば、私も二時間のトレーニング、苦なくこなしていけたかもしれない。

しかし、私にも人に誇れる習慣がある。これはかなり自慢出来るかも。それはすごく筆マメで、お礼状をすぐ書くということだ。さすがに年末年始はもらいものが多くて、お礼状を書くのが滞っていた。しかしちょっと落ち着いてからは日に三通書くこともある。これって全部自筆ですよ。パソコンで打ったものではない。

時々有名人のところにものを送ると、印刷してあるハガキが届くことがある。

「このたびは結構な（　　　）をいただきまして」

という文章があり、この（　　　）の中に、ご著書とかお菓子とか、もらったものを書き込むしくみだ。こういうのってちょっと心がこもってないと思いません？

私はいつも鳩居堂の季節のハガキや、ちょっとしたカードを用意してお礼を書く。ちょっと気の張る人には、特製のサンキューレターを送る。

これは封筒に私の住所が印刷されている。ティファニーブルーの、すごく綺麗な色のレターセットに短くお礼を書く。

そしてこれよりもっと気の張る相手には、たて書きの白い便箋と封筒を使う。この時必ず万年筆で書く。これほど筆マメなのに、残念なのは、私の字が汚いということ、たいていは私の自筆と信じてもらえないことである。

「秘書さんにわざわざ代筆していただいて」

とお礼を言われ頭にきたことがある。ちゃんと私が書いているのに。

昨年は本当にたくさんお米と果物をいただいた。どちらも私の大好物である。お礼状にはそのことをしつこく書く。お餅も真空パックのやつを暮れにたくさん。朝、いっぱい何でも食べられると思うと、とても幸福な気分になる。でも甘いものや炭水化物は翌朝にまわし、夜は食べない。

なんだ私も、いい習慣、ちゃんと持ってたじゃん。

番長の答え

この号が出る頃には、ＳＭＡＰもベッキーもきっと落ち着いているはず。それにしても、ハラハラドキドキ、めくるめく日々であった。この冬のことをきっと忘れないと思う。

もしＳＭＡＰがこの世に存在しなくなったらどうしよう、という思い。それをみんなで共有したよね。

本当に偶然であるが、ＳＭＡＰ騒動が起きる直前、私は草彅クンと対談した。いつもと変わらず素敵でやさしい草彅クンだったが、ちょっと淋しそうだったのが気になっていた。実は解散のことを悩んでいた最中だったんだ……。

今ナンバーワンの
おしゃれ番長と
言われてます

そのあとおわび会見があり、それが「公開処刑」だとみなが騒ぎ出し、本当にいろんなことがあったっけ……。

まあ、私たちがいかにSMAPを好きだったか確認しましたよね。

ところで私は年末年始、ダイエットがわりとうまくいっていた。それは、

「朝好きなだけダイエット」

というものだ。

ある肥満専門のドクターが言った。

「朝は糖質をたっぷり摂ってもいいんだよ。脂肪を燃やすのには、点火しなきゃ。その火種が糖質なんだよ」

私はドクターの教えを忠実に守り、いちじくのコンポート、リンゴ入りのヨーグルトをたっぷり食べる。その後、食欲をなくす、まずーい漢方薬を飲む。それから本格的な朝食。昨日のおかずの残りで、ご飯を二杯食べる。それからがおやつタイム。いただきものの、どら焼き、クッキーをゆっくり口に入れながら、新聞を読み、ワイドショーを見る。私の至福のひととき。

この時、イヤになるぐらい食べる。甘いものの後は、おせんべいでシメる。

これぐらい食べると、漢方薬のおかげもあり昼間はほとんど口にしなくてもいい。

夜もちょっとつまむぐらい。

本当に食べたくなくなるからである。だから全然つらくないダイエット。

夜眠る時は、

「明日の朝は、あれとあれを食べよう」

と幸せな思いで目を閉じる。おかげで一週間一・五キロ痩せた。

ところが新しい年になったら、毎晩のように新年会、打ち合わせと、イタリアン、フグ、ステーキの毎日。夜だけではスケジュールを消化出来ないからランチの予定もぎっしり入っていく。

朝はドカ食いし、昼も夜も食べていったら当然太る。私のスカートはみるみるうちにきつくなっていった。しかしなぜかしゃれっ気だけは残っている。

コンサートに行く時、鏡の前であれこれ悩んだ。それはアクセをどうしようかということである。

何度も言うけど、昨年の秋買ったセリーヌの紺のジャンパースカートは、本当に着こなしがむずかしい。深いVネックなので、中に何を着るかでまるで違ってしまう。

ショップの人は、

「Tシャツを着て、上にニットでもＯＫ」

と言ったが、なんかきまらず、私はグレイのタートルと合わせていた。しかしこれだと、

「おばさん女学生」

となってしまう。私はそのため冬のバーゲンで、セリーヌのニットを買った。から し色でかわいい。これと合わせてみたらまあまあイケるような気がしたが、問題はアクセだ。大ぶりのラインストーンが入ったクロスをしてみた。が、違うような気がした。

秘書のハタケヤマに聞いてみる。

「これ、あった方がいいと思う？」

「そりゃあ、あった方がいいですよ。胸元が淋しいから」

しかし私は彼女の言葉を信用しない。あんまりセンスないふつうのおばさんだもん。これはやっぱりおしゃれ番長に聞くべきだ。コンサート会場で、元アンアン編集長で、いまファッション関係のプロデューサーやってるおなじみホリキさんに聞いた。

「これ、あった方がいい？」

「ない方がいい」

と即答。そう、アクセをすることで、野暮ったくなる服はいっぱいある。特にハイ

ブランドのお洋服がそうですね。

私はひとつお利口になったような気がした。

そして今日、もう一人のおしゃれ番長、ヨシカワさんがやってきた。この人は元プレシャス編集長で、今度新しく出来るウェブマガジンの編集長だ。全くこういう人たちのおしゃれ度といったらすごい。冬のベージュとグレイとの完璧なコーディネイトだ。靴の色からバッグまですべてグレイとベージュのグラデーション。「お見事！」と叫びたいほどだ。

ヨシカワさんによると、コーディネイトはいつも前日にするが、今日は私と会うことがわかっているので、四日前からあれこれ考えていたという。

そう、私はセンスはないが、センスを鑑賞する力は持っている。ファッションは絵や彫刻と同じように、才能と努力がいるもの。見る方もちょっぴり必要。

マリコスタンプ誕生!?

今までLINEをすることは、絶対によそうと思っていた。

なぜなら、

「すごく時間をくうから、ハヤシさんみたいな忙しい人は絶対にやらない方がいいよ」

と皆に言われていたからである。その一方で、

「ちょっとォ、LINEをしてくれなきゃ困る。仲間はずれにされるよ」

という声も高くなるばかり。

友人にメールを送っても、なかなか返してくれない。どうしたの、と聞くと、

「今どきメールしてくる人なんかいないから、開くの忘れちゃった」

というありさまに。

仕方なくスマホを替えたついでに、始めましたよ、LINE。

ところが、

「LINE始めました。よろしくね」

と全員に送ったのであるが、なかなか信じてもらえない。後ろの絵は、おなじみマリコ絵にしたのにである。

メールが来て、

「このマリコって、林真理子さんのこと?」

「なりすましじゃないんですよね?」

と問い合わせがあり、やっといろんな人とLINEが始まったわけ。

これが面白いの何のって。

「LINEを始めたお祝いに」

ということで、みんながたくさんのスタンプを送ってくれるのである。

ドラえもんもあるし、ディズニーのスタンプもある。柴門ふみさんからは、島耕作のスタンプが。私が大受けしたのは、五郎丸選手の例のポーズをしているもの。何度見てもおかしい。

そうしたら編集者が、ベッキーのスタンプを送ってくれた。そお、事件が起きる前の、元気ハツラツのベッキーですね。クリックすると、すごく明るい声で、

「お疲れさま〜〜」

と声が出る。これをみんなに送ったところ、

「おお、これは……！」

という驚きの声が。

こうなったら、絶対に欲しくなってくるのが、そお、マリコスタンプですね。こういうのをつくっている会社の社長さんと最近仲よくなっているので、

「どうですかね」

とＬＩＮＥで打診したところ、

「いま、すごく売り込みがあるのでむずかしいですよ」

「だけどアンアンで長いことやってるんで、認知度は高いはずですよ」

とさらにプッシュした。

ところで初めて「おかずクラブ」のオカリナちゃんを見た時、なんともいえない親近感をもった。この不思議なかわいさ……。

「マリコ人形がそのままリアルになったみたいだ！」

ということで、ずっと彼女に注目していたのであるが、今日、私がホステスをしている週刊誌の連載で対談が実現した。

ゆいPもオカリナちゃんも、テレビで見るよりもずっとかわいくてふつうのコであった。しかし写真を撮るとなると、表情がガラッと変わる。やはりすごいプロなのである。このオカリナちゃんに、

「私の描くマリコ絵に似てるって、言われたことないかしら」

と尋ねたところ、ファンの人からも一度も言われたことはないそうだ。マリコ絵もよく知らないような。

「ほら、アンアンの後ろのページに出てるやつ」

と言ったところ、

「あっ、そういえば一度見たことが」

という感じ。残念だ。しかしたまたま何年も前につくったマリコストラップをプレゼントしたら、

「本当に似てますね」

とちょっと興味を持ってくれたかな。

さて、この対談が行われたのは、渋谷センター街の中にある、よしもとのホールがあるビル。私はこんな家の近くに、よしもとの本拠地があるのを初めて知った。

そしてここの一階に「クロワッサンたい焼」の売店があった。すごくおいしそう。私はたい焼きに目がない。もし道を歩いていてたい焼きの店があったら、必ずといっていいぐらい買ってしまう。

さっそく六個購入して家に帰った。クロワッサンの皮と、アンコ、チョコレートとの取り合わせがなんとも美味。

ゆいPとの会話を思い出す。太っているのを意外にもとても気にしてた。

「こんなに綺麗な顔をしてるんだから、ダイエットすればいいのに」

と余計なことを言ったなあと反省。自分のことを考えてみろってことですよね。

冬ですよ!?

あたりはすっかり春の気配であるが、今年はちょっとおかしな冬でしたね。

まず最初の頃は、信じられないような暖かさ。十二月になって十五度という日もあった。コートなどとても着る気になれなくて、革のブルゾンなんか着ていた。

いきつけのショップの人に聞いたら、

「今年はコートがまるっきり動かなくて」

と暗い顔をしていた。

そしてそのコートがバーゲンに出る頃になって突然の寒波。私はダウンが手放せないようになった。

一応私はブランドもののダウンを着ているけれども、ダウンはダウン。どこのを着てもおしゃれ度は三十パーセント減という感じがする。おととし買ったエルメスの、真っ白いラップコートを着たいと思っても、一枚ものなのでとても寒い。だからつい、毎日同じダウンを着てしまうわけ。

そんな中、私は私のコートとよく似たラップを着た女性を見てしまった。たぶん同じエルメスだと思う。

都心の一流ホテルのコーヒーハウス。バギーカーに子どもを乗せたママたちが四人。その中の一人だ。この人たち、揃いも揃ってみんな美人でスタイルがいい。高そうなものに身をつつんでいる。おまけに子どもがかわいい。ママと共に雑誌から抜け出してきたみたいだ。そしてママの一人は、帰りしなにケーキを買い千五百円ぐらいの支払いにブラックカードを出す。

こういうのってどう思います？　私はイヤ。なんか胸がざわつく。もちろん嫉妬なんですけどね。

こういうキレイな人たちって、何の苦労もしないでこのまま人生をおくるんであろうとふと思った。ダンナはきっと、ＩＴ関係とか外食とかの社長に違いない。

「そんなこと言ったって、ダンナがいつか浮気するかもしれないし」

という人もいるであろうが大丈夫。こういう人たちのダンナは、必ず二回めだから。そして彼女たちはトロフィ・ワイフなのである。

男性が人生の成功のあかしとして手に入れるトロフィ・ワイフ。二番めだか三番めの奥さん。この頃は珍しくも何ともない。が、トロフィはトロフィだから、いつも自分を磨いてキラキラしてなきゃならない。本当に大変だ。

パーティーや音楽会の時に見てると、みんな素敵なドレスを着て、にこやか。そう、トロフィ・ワイフのいちばん大切なお仕事は社交ですもんね。たいていの人が、冬でもノースリーブだと思ってもいい。

それにしても、この頃、真冬でもノースリーブ多過ぎやしませんか。テレビ見てると、バラエティに出ている女性タレントの三人に一人はノースリーブである。どうして真冬にあんなもの着てるのか。おしゃれに見えるということらしいが、もう見飽きたという感じ。

一月はじめにモデルだかタレントさんが、白いレースの透けるノースリーブを着ていて本当にびっくりした。季節感ゼロ。ということは少しもおしゃれに見えない。隣りのニット姿のタレントさんの方が、ずっと可愛かったですよ。

このあいだある女優さんと対談したら、やはり真冬にノースリーブのワンピース、そしてナマ脚にハイヒールであった。

撮影のために移動する時は、スタイリストさんが肩かけを持ってくる。何も雑誌の春号のためではない。真冬の号。

「寒くないですか」

と思わず尋ねたら、

「寒いですよオ〜」

と首をすくめ、私はその人がいっぺんに好きになってしまった。

この真冬にナマ脚というのは、長いこと問題になっていたはずだ。あるお医者さんは、

「女優さんやタレントが、何かの記者会見にずらりナマ脚であった。真冬にあれがどれほど健康に悪いか知らないのか」

と警鐘を鳴らしていた。

ところが私がファッション誌の編集者から聞いたところ、最近はナマ脚のようでいてナマ脚ではない。ランバンのナントカのように、ものすごくいいナチュラルストッキングが出てきて、ナマ脚以上に美しく脚を見せてくれているそうだ。

ふーん、ファッションというのは、日々進化しているのですね。

なんて言っているうちに、本当のノースリーブ、ナマ脚の季節がやってくる。私がおととしから昨年春にかけて、どんだけトレーニングをしたか、ご存知の方も多いと思う。毎晩テレビを見ながら、ダンベルを上げ、チューブを使った。しかし私の二の腕の「ふり袖」は全く直らない。

通い始めたボディメソッドのコーチによると、

「確かに筋肉はついている」

とのこと。が、ぜい肉は落ちていないとのこと。もっと背中を鍛えなくてはいけないんだそう。詳しいことはいずれお話ししますね。この春は、〝ノースリーブ美人〟を妬まないようにしたいものである。

ファースト・ペンギン

春になった。

お腹のぜい肉もなんとかしたいし、顔のたるんだもんもなんとかしたい。

そんな時にキッコ社長から電話がかかってきた。

「マリコさん、そろそろ新しいことをやりましょうよ」

ご存知のとおり、美容機器を輸入している女社長。最新の情報を持っている。このあいだ連れていってくれたクリニックでは、こちらの血を採って化粧品をつくってくれた。そしてこれを皮膚のくぼんだところに注入するのである。

「マリコさん、この頃、糸の進化がすごいですよ。顎のところへちょっとすると、たちまち弛みがとれて張りが出るわよ」

「でもね、糸はちょっと……。耳から糸が飛び出してくるっていう話も聞いてるし」

「今の糸はそんなことはないってば。自然で痛くないし」

「でも、ここんとこ〝お直し〟してる人が増えてきたけど、ヘンにつっぱっている人多いしさァ」

「だけど、糸は違うんですよ」

「だったら、キッコさんまずやってみてよ」

　と言ったら黙ってしまった。実は彼女は、先端の美容医療はトライするけれども、なんか入れたり、切った貼ったはしたことはない。やっぱりそれは〝美容整形〟だと思っているからだ。そのこだわりは私と同じ。

「そーよ、キッコさん、あなた、ファースト・ペンギンになりなさいよ」

　そう、朝ドラでキーワードとなっているファースト・ペンギン。こわがっている群れの中で、まず飛び出してみる最初の一羽のペンギンのことですね。

「わかりました。そのうちにやりますよ。そう、そう、最近の私のお勧めは、なんといっても美容ハリですかね」

「それも昔やったけど、たいしてきき目なかったような」

「それが、今の美容ハリはすごいんですよ。マリコさん、一緒に行きましょう」

　ということで、赤坂の針療院に連れていってくれた。施術の前に契約書にサインさせられる。ここのハリはかなりきついので、美容整形している人はダメなんだって。

　まずあおむけになり、顔とお腹にいっぱいハリをさされた。そのうち先生がやってきて、ぐいとこめかみをひっぱり上げる。そこにハリをさすわけ。その痛いことといったら。思わず涙が出てきた。

　しかしビフォーアフターの写真を見ると、施術後はあきらかに小顔になりひき締まっている。目の下のくすみも消えている。私はさっそく次の予約を入れた。

　その時にキッコさんに、

「来週、親戚の結婚式に出るんだ」

　ともらしたら、いろいろ心配してくれた。

「マリコさん、結婚披露宴前に、サーマクールやったらどうですか。私、いろいろ試しましたが、顔をぐっとひき上げるのはやっぱりあれですかね」

「でもねー、前に一度やったけど痛かったからなァ」

「それは昔の話ですよ」

　とまた言われた。

「今ならそんなに痛くないですし、料金もぐっと安くなっていますよ」

ということで、忙しいスケジュールをやりくりして連れていってもらった。診療台に抱き枕があるのにびっくり。

「痛い時はこれをギュッと抱きしめて耐えてください」

だそうだ。

そしてサーマクールが始まる。これ、やったことがある人はわかると思うが相当痛い。痛いうえに熱い。サーマクールをやっている間、女はある哲学的なことを考えるはずだ。

「あぁ、ここまでして私は美しくなりたいのであろうか……」

そりゃなりたいもん、と心の中の声が聞こえる。

「サーマクールだって立派な美容整形じゃないだろうか。それなのに、どうしてお前は、美容整形した女の人のことをあれこれ言うのか」

でも、これは切ったり貼ったりとは違うしと言いわけする。

ところで話は変わるようであるが、狩野英孝さんの二股疑惑。言っちゃなんだけど、二流のタレントのどうということもない話ですよね。それなのにこれだけ騒ぎが大きくなったのは、恋人とかいう無名のタレントの、外見のインパクトによるものだと思う。

ガリガリに痩せているうえに、お顔がなんといおうか、そう……、怖かった。誰かが、

「鈴木その子にそっくり」

と懐かしい人の名前を出したが、本当によく似ている。ものすごく人工的なのだ。

あるタレントさんが、

「パーティーグッズのお面みたい」

とひどいことを言って話題になっているそうだ。

彼女はいろんなことを教えてくれた。

痩せてても、目が大きくても、ちっともキレイじゃないし、魅力的じゃないということ。ごめんなさい。狩野サンにとっては、最高の人かもしれない。が、やっぱり怖いよ。いったい彼女は何をめざして水に飛び込んだんだ。

復活！ 開運ツアー

昨年は本当につらい年であった。
まず売れた本が一冊もなく、プロモーションを必死でやった小説も次々と討ち死に……。日銭が入ってこないことには、なんら楽しめないのが作家稼業。
夏の海外旅行もセーブしたぐらいだ。それなのに買物グセだけはしっかりと残っていて、洋服を買わずにいられない。そのうえにまた着物もじゃんじゃん購入。
おかげでものすごい財政難に陥ったのである。オットとはケンカばかりしているし、体重は増える。本当にいいことが何もなかった。

こういう時こそ神頼み。ちゃんと初詣に行こうと決心したのである。

江原啓之さんと恒例で毎年行っていた初詣。日本全国いろんなところへ行った。しかしこのところ、お互いあまりにも忙しくてこの二年ぐらいはごぶさたしていた。が、やはり昨年の〝ついてなさ〟を打開するためにも、神さまにお祈りしましょう。そんなわけで二月も末になったが、初詣に連れていってもらうことにした。

江原先生が、

「今年はここ」

と名指ししたのは、成田山東京別院深川不動堂である。ここは護摩をたいて、心と体を浄めてくれるというのだ。

護摩ってわかりますか？　炉の中に細長く切った木や供物を投げ入れ、その火と煙に向かって祈ることですよね。

そして江原さんと、元アンアンの編集長のホリキさんと三人で深川に向かった。不動堂はとても立派な建物である。

まず御札を申し込む。願いごとを書くのである。その後、護摩が行われる本堂へと向かった。江原さんのおかげで、炉の近くのとてもいい席を用意される。

十一時になった。きらびやかな法衣を着た方々がいらした。いちばんえらそうな人が炉の前に座る。そして太鼓の音。すごい。

林英哲さんもかくやと思われるほど、力強く大地に響けとばかり打たれる太鼓。そして炎があがる。これもすごい！　真っ赤な高い炎！　本堂の天井に煙がいく。

祈りの声と火、そして太鼓。この三つが一緒になって大きな大きな波をつくり、こちらの心を揺さぶる。目を閉じて合掌していると、ふうっとどこかへ連れていかれるみたいだ。

たまに目を開けると、私たちの御札は、いちばん目立つところに置かれている。こうして煙を浴びせてもらっているのだ。いかにもご利益がありそう。ありがたい。

その時だ。羽織袴姿の、若いものすごいイケメンが二人登場。そしてやおら私の御札を持ち、炎にかざすではないか。

おお、なんというパフォーマンスであろうか。いや、これは大切な儀式に違いない。ありがたい、ありがたい。

彼の端正な横顔が、炎に赤く染まっている。白い腕がなんか痛々しいぞ。

御札の後は、参列者の人たちみんなの持ちものを護摩の火にあてててくれた。私もハンドバッグの中にいつも使うリングと時計をいれておいたのだ。

その後、本堂を見学していたら、さっきのイケメンが出てきたので、さっそく話を聞いたところ、僧侶ではないということ。ふつうの大学を出て、事務方をしているという。

「熱くないですか」

と尋ねたら、

「そりゃあ、熱いですよ」

と腕を見せてくれた。火ぶくれがあった。ここまでして私たちの御札や持ちものに力を吹き込んでくれたのね。本当にありがとう。

その後は浅草へ行き、麦とろでランチ。浅草寺をおまいりしてぶらぶら歩く。車で帰る途中、ものすごくおいしいカレーパンがあるというので買った。ペリカンの食パンも買いたかったが、売り切れなのでロールパンにした。

とても有意義な一日であった。これで今年も元気にしっかりと生きていけそうな気がする。

ところでみなさん、例の恋の猫シールのご利益どうですか。

先日青山を歩いていたら、若い女性に話しかけられた。

「ハヤシさん、これ見てください」

スマホの画面に、なぜか私の描いた猫シールの絵。

「ハヤシさんにここでばったり会うなんて、すっごい運命感じました。この猫シールの画面、なでてください」

私はもちろんそうしました。だけど化粧品か、先日のアンアンの恋愛特集買えばもっと効いたのではないでしょうか。

私でも猫シールのおかげか、この頃お食事の誘いがすごい。友人から、

「離婚したてのドクターが、マリコさんに絶対に会いたいって。ファンだって」

えー、そんな人いるんだ。うれしい。

「その人、美容整形医でマリコさんのテレビ見て、絶対にボクが何とかしたいって……」

それってファンじゃないでしょ。患者にしたいんでしょ。私は結構です。

〝審美女眼〟、あります

春ですね。そお、ダウンコートを脱ぎ捨て、体と心のチェックをする時。

ショップのウィンドウも、可愛いお洋服でいっぱい。花のモチーフであふれている。

そういえば昨日、帝国ホテルで芥川賞、直木賞の受賞パーティーがあった。私は直木賞選考委員として祝辞をのべることになっている。

こういう時、着物にする。だってこの頃、体型的にどんなお洋服を着てもサエない。

そんなわけで、私はこのあいだ買った総柄の訪問着にした。これは御所車がびっちり描かれていて、その中のお姫さまや貴公子の顔がみんな違う。そして黒を基調にしていて、ちょっと見るとエルメスのスカーフ柄みたいなのだ。これにロイヤルブルーの帯を締めるのがお気に入り。そお、今発売中の「きものサロン」見てくれましたか？　私がお気に入りの着物で、五ページにわたってグラビアで出ている。カラー五ページですよ。

それはいいんですが、この豪華な雑誌をもってパラパラとめくる。綺麗な女優さんやモデルさんが素敵な着物姿でいっぱい出ている。

そして手が止まる。

なにか全く別の物体が写っているという感じ。そお、私のページです。

私は気づいた。

「美人と私とは、まずフォルムが違うんだ」

同じようなポーズをとり、同じようなもの着ていても、まるっきり違う。もちろんあたり前のことですけど、やっぱり悲しいですよね。

ところで私の最新刊は、ミス・ユニバースをテーマにした小説だ。前にもお話ししたと思うが、この小説の取材のために、世界大会が行われるラスベガスにも行った。この時はステージが遠くてよく見えなかったが、なにかキラキラしたものがいっぱいいるのがわかった。

その後には日本大会にも。この時の審査員の一人が、美容家のたかの友梨さんであった。ただ一人の女性であった。その時すごくカッコいいアルマーニのドレスをお召しだったと記憶している。

合間にいろいろお話ししたら、

「〇番のコは、美人でかわいくって清楚で、いかにもおじさん好みね。でもああいうコが、世界で通用するかしら」

と話していらしたのが印象的で、その言葉は小説にも使わせていただいた。予想通り日本のグランプリは、そのカワイコちゃんであったが、背がそれほど高くないのが気になった。ゴージャスとかセクシーというのでもない。やっぱり世界大会では入賞出来なかった。

その後、なんと私に、

「ミス・ユニバースの日本大会の審査員をしてくれませんか」

というお話があったが、

「小説を書いている最中なので」

ということでお断りした。

そうしたら今年また依頼が来た。ちょうど小説も出ているのでさせていただくことにした。

が、他の審査員がすごい。元ミス・ユニバース日本代表だって。そんな人たちに混じって座るってやっぱりつらいですよね。

観客から、

「お前なんか日本一の美女を選ぶ立場か」

と思われたら困ってしまう。

が、私は考える。美女だから美女に詳しいというわけでもあるまい。私のように一生をかけて（大げさだな）美女とは何かを追求してきた人間が、審査してもいいのではなかろうか。それに楽屋のケータリングとかも興味あるし。

思い起こせば、この小説を書くために、何人もの美女と会ってきた。

「天は二物も三物も与えた」

人ばかりでびっくり。医師になって内視鏡の専門家になった女性もいた。ミス・ユニバースのファイナリストだからハンパない美女である。この彼女が、お尻の穴から内視鏡を入れてくれたら、男の人はそれこそ緊張するのではなかろうか。

彼女は言った。

「私は襞フェチですから」

大腸の中の写真を見るのが、好きで好きでたまらないそうだ。なんかこういう話を聞くとわけもなく「スゴい！」と思ってしまう。やっぱりこれだけの才女・美女だとふつうの人とは違う嗜好なんだなァと思う。

ところで元ファイナリストを五人集めて、青山で食事をしたことがあった。取材を終えて帰ろうとしたら、

「私たち、送りますよ」

と皆が見送ってくれた。

ふり返った私は、思わず「おおっ」と叫んでいた。五人はまわりにいる女性たちよりも、頭ひとつ高い。そしてプロポーションのよさは、まぁ際立っている。美しさも、その五人が立っている場所だけスポットライトがあたっているのだ。

こんだけの美女が五人いると、風景まで変わるのである。すごい。

〝ゆる禅〟、はじめました

　この連載を読んでいる方なら私がカラダと顔のメンテナンスにどれだけ忙しいか。よおくご存知であろう。

「これいいよ」

「あそこ、紹介してあげる」

「ホントに痩せるから」

　という言葉にすぐのってしまうのである。

　まず月に三回ぐらいサロンへ行き、エステをしてもらう。それからやはり同じぐらいの頻度で、大岡山のハリの先生のところへ。ここはハリとお灸で有名なところ。マッサージもやってくれる。そしてその際、痩せるための漢方を処方してくれるのだ。これは毎朝、自動煎じ機にかけてスイッチを入れる。三十分たつと、まずーいまずーい漢方茶が出来る。これを飲む。

これだけでも忙しいのに、このところ赤坂の美容ハリにも通っている。ものすごく痛いけれど、終わった後確実に目が上がっていてすごい。まるで整形したみたい。

この他に、たまに私の血液からつくった化粧品を注入してもらう。それからなかなか予約が取れないのであるが、ストレッチ体操のパーソナルトレーナーにもついている。

「えー、そんなにやってこんなもんなの？」

と言われそうであるが、とにかくやっているのである。

漢方の先生にはいつも言われる。

「ハヤシさん、ブロイラーをつくってるんじゃないよ」

そんなに食べてばっかりいては痩せませんよということなのである。

まあカラダの方はともかくとして、お肌はピッカピカと人は言う。

「どうして法令線とかがないの？」

とよく聞かれる。確かに顔に関してはよく努力していると思う。カラダと違って、節制しなくてもいい。他人にじーっと任せておけばいいんだもんね。

ところがメンタルの方になると、何もしていない、というのが実情である。お気楽に見える私であるが、結構つらい日々をおくってるのだ。お金の苦労に夫の苦労。どんなことをしても原稿が書けず、気が重たくなる時がある。今みたいに新聞の連載小説書いていると、毎日ずうっと時間に追われる。それから本が出たら出たで、

「売れなかったらどうしよう」

というプレッシャー。

アメリカとかだと、私のようにハードに働いている人は、たいてい精神科医がついているみたいだが、日本ではそういうことがない。精神科へ行く、ということ自体、おかしな偏見をもたれるのだ。

友人に精神科医はいる。和田秀樹先生とは大の仲よしで、時々二人きりで飲みにも行く。しかしたいていバカッ話である。悩みを聞いてもらったことがない。

そんな私であるが、前々から駅前の「禅堂」が気になっていた。そお、日本が誇る禅である。

「土曜禅体験、会費千円」

というのを見て、ふと行ってみようかなァと思った私。実は今、ある人の伝記小説

を書いているのだが、この人が禅を人生の基礎としているのだ。

思いきって電話をかけたら、とてもいい感じのおじいさんの声で、

「それでは土曜日の九時に来てください。ためしにやってみたらどうですか」

ということになった。

「その時はズボンはいてきてね。男の人の目がチカチカすると困るから」

「大丈夫です。私、おばさんですから」

「あ、そうなの」

という会話があったあと、土曜日さっそく禅堂となるマンションの一室へ。

あのお年寄りの方は、ここの禅堂を主宰している方で、ものすごくえらい老師が月に一度教えにこられるというのである。

「まず足を組んで」

と教えられた。

右足の甲を左脚の股のところへかけ、左足の甲を右脚の股のところへ、だって。こんなことできるわけないでしょ！　まるでアクロバットではないか。私は座ぶとんのようなものをお尻にはさむことにした。もともとものすごく体が固いのだ。こんなことは絶対に無理。絶対に無理。しかし他の人はちゃんとそのようなポーズをしている

のでとても驚く。

　そして目を開けたまま瞑想する。この時いろんなことを考えてもいいそうだ。初心者が無になんかなれるはずがないという考え。

「居眠りをしたっていいんだよ。それがあなただから」

　この言葉が深く心に残っている。

　そしてここでの禅は二十五分がワンクール。ここでいったん立ち上がり、少し歩く。もしワンクールだけで終わりたかったら、このまま部屋から出ていってもいいのだ。なんだかゆるくて、私に合っていそうな感じ。揺れたら肩を叩かれることもない。というわけで、入会して土曜日に通うようになった。なんか楽しくなってきたからである。

愛と美と買物の輪舞《ロンド》

〝何か〟が生まれる

最近『ビューティーキャンプ』という小説を出した。そう、ミス・ユニバースのファイナリストたちが、大会前にする美の合宿のことである。我ながら面白いと思う。なんとかベストセラーにしたい!

その本のためインタビューをいくつか受ける。その時ある女性記者が、

「ハヤシさんは、ずっと美について探求してますものね」

と言ったので、私はケンソンして、

「いやぁ、探求するのと実践するのとは違いますから」

と答えたら、

「そうですよねー」

と笑って納得してくれた……。仕方ないか。

最近ついてない。七年ぶりぐらいにパーマをかけたら、ひどいことになった。

「裾の方にゆるーくかけると、ヘアスタイルが決まるから」

という言葉に従ったのであるが、出来上がったら、寝グセだらけのおばさん、あるいは毒蝮三太夫のラジオに元気よく出てくる下町のおばさんという感じになったのだ。

こんなはずではなかったのに、本当に悲しい……。

こんな髪ではおしゃれをする気に全くなれないではないか。体重は少しずつ増えているし、もう居直っている私。

この姿をあまり人に見られたくない。街を歩いていれば、たまには声をかけてくれるからだ。そんなズボラな私にぴったりのものがある。そう、マスクである。

今年私は花粉症に悩まされることはなかった。年によってかかったり、かからなかったりするのであるが、今年は何も起こらない。しかし私はマスクをする。するとこんなに便利なものはない。スッピンでどこにでも行けるのである。電車にも乗れるし、青山でも銀座でも歩けるのだ。

そんなある日、電車に一人の若い女性が乗り込んできた。マスクをしているが、すごい美人だということがわかった。スタイルがいいし、マスクからのぞく目が綺麗。ばっちり化粧をしているし、眉も流行の形だ。

「私、かなりイケてますよ」オーラが、マスクに覆われていない狭い面積にもあふれていたのだ。

そお、美はマスクでも隠せない。帽子でも隠せない。

私の街はすごく芸能人が住んでいる。最近ぞくぞくと引越してきたようなのだ。朝なんか犬を散歩させている姿を見る。マスクに帽子をばっちりしているが、遠くからでもわかる。プロポーションがまるで違うのだ。

ところでプロポーションといえば、お話ししたとおり、ミス・ユニバース日本大会の審査員をした私。出場する女性が美人なんてもんじゃない。

「こんな人たちがこの世にいるのか！」

とため息が出るレベルがズラリ並ぶ。

若い女性の水着姿を四十七人、本当に間近で見たが、脚の長さはもちろん、そのヒップの形のいいこと。キュッと上にあがっている。ウエストはくびれ、胸はバーンと出ている。ファイナリストたちは、大会が近づくにつれ、徹底的にジムで絞っていくのだ。

これはつらいかもしれないが、同時にかなり楽しいに違いない。だって土台がすごくいいわけであるから、さらに削ったり、締めたりするのはどれほどやり甲斐があるだろうか。ふつうの女の子が、ジムで体を整えようとするのとはまるで違うと思う。

彼女たちはやればやるほど成果が出て、その成果というのがとてつもないわけである。私も同じ立場だったら、きっとやると思う。やりますとも！

そして彼女たちのウォーキングや笑顔の素晴らしいこと。これは訓練のたまものだと思う。いくら美人でも背中が丸まっていたり、ひきずるように歩いたりすると、価値は半分になってしまう、ということをこのコンテストでは教えてくれる。

彼女たちは軽くリズムをとりながら歩き、そして立ち止まってにっこりと微笑む。美しいこと、人に見られていることが楽しくてたまらない、という感じ。これがあるのとないのとではまるで違うだろう。

私が子どもの頃、ミス・ユニバース日本大会というのは、テレビで中継していた。審査員は、本当にセレブな方が多く、女性はイブニングドレスか着物、男性はタキシードだったと記憶している。

私は痩せた時に買ったイブニングがまるで着られない。よって着物にした。うんと昔のものだ。

バブルの頃買ったもので、人間国宝作。ピンク地にものすごく大きな洋花の大輪だ。あまりにも派手でためらったのであるが、イブニングの代わりと、エイ、ヤッと着た。思い出すと二十五年ぶりぐらいである。だけど、二十五年前より似合うような気がしたワケ。そう、気迫で着ることを知ったせいであろう。

そうよ、私は確かに何かについては得たのよ。探求した結果よ。誰が何て言おうとそうなんだから。

お願い、″ヘルスさん″！

私は信じている。

ヘルスメーターは人格を持っていると。

毎日ちゃんとのっていると、私のようなズボラでも心構えが出来ていく。明日、数字が増えているとイヤだなァと思うと、自然と食べるものも控える。

が、旅行に出かけてものすごく食べると、

「ヘルスメーターさんが怒っているだろうなァ」

と心配になり、ついのるのをやめてしまうのだ。

しかし案じながら週末に食べるのをセーブすると、月曜日にちゃんと戻っててホッ。

このところずうっと食べる日が続いていた。洗面台の下のヘルスメーターにはのる気がしない。彼女（たぶん女性）が、イライラしているのがわかる。もし一回でものれば、私はヒェーッと叫び反省するであろう。

でも今は、

「見ぬもの清し」

という感じで食べ続けている。毎日会食がある。

ふだんの私なら、夕食の時にはいちばん糖質の少ない焼酎を頼む。フレンチかイタリアンだったら赤ワインを飲む。それもほんのちょっと。そしてパンとかご飯、デザートには手をつけなかった。だけどこの頃は全部ペロリ。シャンパンもうんと飲んじゃう。

ヘルスさんが見ていない間は、ハメをはずそうとしているのである。

しかもこの頃スイーツのもらいものがすごく多い。お土産にいろんなものをいただいたり、全国からおいしいものが届く。私はいつもこれを朝だけ食べていた。が、この頃は昼も夜もペロリ。最低だ。

朝、ヘルスさんを見る。怒っているのがわかる。きっと三キロは増やしているに違いない。

「ごめんなさい」

謝る。しかしおっかなくてまだのれない私である。

今週は小説の取材で高知に行った。高知は私の大好きな街。おいしいものが、これでもか、これでもかと押し寄せてくるようなところだ。

まずはおめにかかった方から、芋けんぴをいただいた。芋けんぴは私の大好物である。さつま芋を細く切って油で揚げ、砂糖をまぶしてある。

みなさんもご存知であろう。炭水化物と油、糖分は最悪の組み合わせであることを。しかしこれほどおいしいものはない。沖縄のサーターアンダギー、神田竹むらの揚げまんじゅう。どれも私の理性を狂わせるものばかりだ。

さっそく袋を開けてぼりぼり食べる。まるっきりやめられない。半分あっという間に食べちゃった。

そして夜は名物皿鉢料理。大皿にお刺身、かまぼこ、お寿司、スイーツがすべて盛られているのだ。一説によると、高知の女性はお酒好きなので、自分たちも最後まで座って飲めるように、全部いっぺんに盛るんだとか。これには日本酒が合う。しかも熱燗。

ものすごい量の「土佐鶴」を飲んだが、次の日全く二日酔いをしなかった。土地の人が言うには、いいお酒を熱くして飲むとまず次の日に残らないとか。

そう、この日以来、熱燗をうんと飲むようになったのである。

ヘルスさんはもう、私に呆れていることであろう。無視してくれるならいいけど、どかーんとしっぺ返しをするんですよね。

しかし私だってやることはやっている。時たまであるが、一流のトレーナーについてストレッチ運動をしているのだ。

この方は夏木マリさんとか、土屋アンナちゃんの素晴らしいボディをつくっている。本も何冊か出しているプロ中のプロだ。

が、あまりにも人気があるために、なかなかレッスン時間をつくれない。二週間にいっぺんとるのがやっと。

私はこう考えることにした。

「ここはトレーニングをするところではない。メソッドを教えてもらうところなのだ」

事実、

「これをうちでやってみて」

という宿題を出される。

このあいだ行ったら、

「ハヤシさん、ものすごくいい運動を考えました。これをちゃんとやると、お腹もすぐにひっ込んでウェストもくびれますよ。やった人がみんな僕に感謝してくれるんですよ」

私が教わったこと、皆さんにもお教えしましょう。私は高いレッスン料払いましたけどね。

まず両足のかかとをぴったり合わせる。そして垂直に立つ。腕の方もまっすぐ横に伸ばす。そしてお腹をぶるぶると、前後に揺らすのだ。うまくいかない時は、肘を使い走り出すようなポーズをとり、お腹を震わせていく。

ブルブルブル……。面白いようにお腹が震える。一分間ワンセット、一日三回ですよ。ひまがあったらいつでもしてね。

そうしてテレビを見ていたら、私とそっくりの体型の女ピン芸人が出てきたではないか。タイツからお腹がぽっこりはみ出すところまで同じ。そして私のあの体操みたいなこと始める。すっかりやる気がうせてしまった……。

始まりの日

大きな幸せは不意にやってくる。

それは先月のことであった。久本雅美さんと対談をした。

久本さんとちゃんと話すのは初めてであったが、頭の回転が早くて明るくて、本当に楽しい人であった。

その時、

「マリコさんって、イケメン好き?」

と尋ねられた。

「もちろん」

と答える私。

「じゃ、今度イケメン集めて合コンしない。マリコさん誰が好きなの？」

「私は綾野剛クンとか」

彼の「コウノドリ」をずーっと見ていた。その前の「最高の離婚」も本当によかった。しかし会うチャンスはまるでない。そもそも私のような仕事をしていれば、芸能人と知り合うことなど、まずないに等しい。たまーに対談で会うこともあるけど、ま、それだけで終わりですね。

しかし久本さんはとても親切だった。

「私が計画して、イケメン合コンやろうよ。ケイタイ教えて」

ということになったのである。

といっても、久本さんは超がつくぐらい忙しい人気者だ。そんなに期待してはいけないと自分に言いきかせた。

そうしたら、十日後ケイタイが鳴ったのである。久本さんからであった。

「あの、日曜日の夜、空いてますか」

「空いてますよ」

「その日さ、綾野剛クン空いてるって」

「えー!!」

思わず絶叫する私。

「それからさ、ディーン・フジオカも来られるかもしれない」

もう感動で声も出ない。綾野剛クンと五代さま。今、日本人女性が最も愛する二人。

キャビアとフォアグラをいっぺんに差し出されたような贅沢さ。

「それでね、個室がある店がいいんだけど、どこの店も日曜日だからむずかしくって」

「まかせて」

とさっそくリサーチを始めた。私のまわりには〝生きる食べログ〟みたいな人がいっぱいいる。聞くついでにうんと羨ましがらせる私って、意地が悪いですよね。

友人はレストランを教えてくれながら、

「いいなー、いいなー。私もちょこっと……ダメ?……」

「もちろんダメだよ」

と私。

「だって久本さんが仕切ってくれているんだから」

そして当日。夫と子どもには早めに夕飯を食べさせた。後ろめたい気持ちがあるのでご馳走をつくる。

「ふざけんな。いい年をして、何がイケメン合コンだ」

と夫は機嫌が悪い。食べログ友人は
「今夜は死ぬ気で頑張るんだよ。絶対にLINEゲットだよ」

と送り出してくれた。

「今日は始まりの日なんだよ。わかってるよね。綾野剛の後ろには、小栗旬とか山田孝之とか仲よしのカッコいいのが十人以上いるんだよ。すごい軍団なんだから」

そして会場の中華料理店に、二十分も前に到着した。気を静めるために、友人たちにLINEをする。

「私、今、綾野剛さんをお待ちしていますの」

ヒェーッとか、ウソーッという文字が次々と。どーだ、羨ましいか。

やがて金髪の男性が登場。本物の剛クンであった……。

「はじめまして」

実物の方がずっとカッコいい。背が高い。今、映画の役のために金髪にしているそうだがそれも似合っている。

やや遅れて、久本さん登場。

「やっぱりディーン来られないって」

「そのかわり斎藤工を誘ったら、九時半ならＯＫって言ったんです。

「それなら遅すぎよね」

あわわわ……。ディーンとか斎藤工さんとか固有名詞がすごすぎる。

そして綾野さんとのお食事は、本当に本当に楽しかった。明日早い撮影とかで、ほとんどお酒を召し上がらない。私がコウノドリについて聞いたら、役づくりのために一年間も病院をまわり勉強したことを教えてくれた。それが専門的な話でものすごく面白い。時々、

「僕たち産婦人科医は」

と思わず口をついて出て、胸キュンですよ。おまけに彼は私たち二人にお土産を持ってきてくれたうえ、代金をこっそり払おうとしたんですよ。もちろん久本さんと折半するつもりで、あらかじめガードしましたけどね。

おばさん二人に、こんなにやさしくしてくれて、もう涙が出そう。

そう、そう、ＬＩＮＥも無事ゲット。本当に始まりの日になるのでしょうか。

あなたもトレンチ？

前にも話したと思うが、私はすごい〝コート持ち〟である。

真冬のダウンから、厚手のコート、一枚仕立てのコート、革のコート、春先の薄いコート、季節によって微妙に変えていく。

そんな中にあって、トレンチはあまり面白みがないとずーっと思っていた。誰でも一枚は持っているし、これを着とけば春先は無難という感じ。いってみれば洋服の優等生。

そんなある日、女性誌で、

「トレンチの着こなし」

という大特集をやっていた。さっそく読みふける私。それによると、ラフに見せるために、前のボタンをとめない、というのが今年風らしい。ベルトは後ろでしばって、ダラーっと着る。そして中の服とのコーディネイトで見せていく。靴はもちろん凝る。高いピンヒールを合わせてもいい。

私はもちろん真似ましたよ。前は開けてダラー、ヒールを合わせる。

その日私は、トレンチを着て銀座に出かけた。花冷えの日は、トレンチ日和。街はトレンチだらけだ。

きちんとベルトとボタンを締めている人も何人か見かけたが、それはそれでカッコいい。

そしてレストランに入り、仕事関係の人の女性二人とランチをとった。帰り際、レジのところでコートを着てびっくり。三人が三人トレンチを着ていたのである。

私だけバーバリーのふつうので、あとの二人はマッキントッシュとか、フランスのデザイナーのもの。

マッキントッシュは、かなり着込んであってやわらかくしゃくしゃになっていた。それがものすごくカッコいい。

もう一人のフランス製も素敵。おととしぐらい短めのトレンチが流行ったが、それよりも長いくらい。絶妙の丈なのである。

「このトレンチの長さ、いいなあ。パンツにもスカートにも合うよなァ」

と羨ましがったら、

「これは自分で切ったんですよ」

とのこと。直すところへ持っていって、自分で丈を決めたのだそうだ。さすがおしゃれピープル。買ってきたトレンチをそのまま着てる私は、ちょっと芸がなさすぎる。

そして夜、今度はチャイニーズレストランで、二十人ぐらいの食事会。その半分が女性で、部屋のクローゼットにトレンチを入れようとした私は、またしてもびっくり。トレンチが五枚並んでいたのである。

「日本の女の人って、どうしてこんなにトレンチが好きなんだろうか」

いや、日本だけではないかもしれない。世界中の女の人たちがトレンチ好きだ。面白みがないと言ったけれど、それは私にセンスがなくスタイルが悪いからかも。スクリーンでは女優さんたちがよく着ている。映画の中の着こなしは、きちんとボタンをかけ、ベルトを締めていることが多い。これにちょっと乱れた髪と、コツコツと鳴るハイヒール。いい女になるためのアイテムですね。

それにしても、五枚のトレンチとは……。まあ、ちょうどそのような季節なのであるが。

袖をとおす。何か急にきつくなっている、どうして？　今食べ過ぎたかな……と思って見たら、他の人のトレンチであった。

間違えちゃった。

ところで、自分が着るにはそう興味ないが、私は男の人のトレンチが大好き。背の高い人があれを着ていると胸がキュンとしてしまう。そう、あれを着た男の人に何度ひと目惚れしたことであろう。ま、騙された、といってもいい。夫だって最初の頃、トレンチに身を包んでいたのである。

が、この頃若い男のひとがあまり着ないような気がするけど……。

実はあさってから、ニューヨークに出かける私。

「急に寒くなるからコートは必ず着てきてね」

と友人に言われた。もちろんトレンチを着ていくつもり。しかしダサくならないように、コーディネイトに気をつけなきゃ。

ニューヨークはお買物も楽しみ。ブランド品はもう買う気ない（買えない）けど、アウトレットがある。私は行ったことがないけれど、郊外にものすごい規模のアウトレットがあるんだそうだ。

「しかもそこはシャネルがある。私の知っている限り、アウトレットでシャネルがあるのはここだけ」

と友人は言う。

シャネルももう何年も買ってないなァ。だって高過ぎるんだもん。バブルの頃はさ、ニューヨークのシャネルで、スーツを買ったこともあるけど、今は遠い話である。日本のシャネルブティックも、買っている人はたいてい中国人ばかりだ。

しかしアウトレットなら、私にも何か買えるかもしれない。もしかしたら春のコート買っちゃおうかな。トレンチの魅力は充分わかってるが、こんなにみんな同じもの着てるんじゃちょっとね。シャネルの春のコートってどんなの？　はたしてそれはアウトレットにあるのか!?

セレブのハンバーガー

いつもの旅する仲良し三人で、今回はニューヨークへ行ってきた。メンバーは中井美穂ちゃん、それから元アンアン編集長で、今は超売れっ子ファッションディレクターのホリキさん。

このホリキさんの事務能力と取材力、人脈のすごさは感動ものである。この旅のコーディネイトは、ぜーんぶ彼女がやってくれた。

「ホテルはどうする？　今、ニューヨークでいちばん人気のエコホテルがあるけど、ここはシャワーだけでバスタブがないのよ。私たちはすごくお買物するから、街中のホテルがいいわよね。だったらここかしら」

と選んでくれたのは、54ストリートのホテル・ロンドン。お部屋は広くてキレイで、しかもお値段はリーズナブル。

予定も全部立ててくれた。

「次の日は、ニューヨークでいちばんおいしい朝食といわれてるノーマズを予約しといたから。ここのパンケーキは最高よ」

まるで歩く〝Ｈａｎａｋｏ〟である。

それに自他共に認めるおしゃれ番長。来て早々コンバースを五足買ったのには驚いた。

「だけど別の店も見てみたい。日本にはない、ジッパーが横についているのが欲しいから」

私なんかスニーカーはどれもたいした差なんかないと思っている。しかしおしゃれな人というのは、その小さな差に徹底的にこだわるんだ。

彼女と一緒にいると、

「これは買い」

「これは買わなくていいです」

と即座に判断してくれるので、それに従っている私。

たのだ。


そしてまず行ったところは「J・クルー」の大きなショップ。

「J・クルーはもう日本から撤退したから、ここで買っておかなきゃ」

ということで、私もニットとデニムのガウチョを買った。このガウチョは、旅の後半ものすごく役立った。寒いと聞いていたが、四月のNYは、零度にまでなったりしたのだ。


もちろん高いものも買っちゃった。サックス・フィフス・アベニューで見たヴァレンティノのバッグにひと目惚れ。本物のターコイズがついていて、ものすごく素敵。

「これは日本で見かけないから買い！」

というホリキさんの忠告で心を決めた。

「だけどプロパーで買うものは、このくらいにしておこう。私たち、あさってアウトレットに行くんだから」

と言いながら、いっぱいお買物していくホリキさん。美穂ちゃんも負けていない。シャネルで布のフラットシューズを買い、さっそく履いている。雨がざんざん降っているのに。こういう雨降りの日に、新しい靴をおろす、なんていうのは、本当のおしゃれさんがすることだ。


その日はまず、FITニューヨーク州立ファッション工科大学のギャラリーで開催されている、ハーパーズ バザー誌の写真展を見に行った。一九三六年から一九五八年の、エレガンスで美しいファッションの写真がいっぱい。ウエストなんか信じられないぐらい細い。

「修正のない時代にこれって、すごいかも」

ホリキさんがつぶやく。

そしてその後は、私たちが大好きな、サックス・フィフス・アベニューの靴売場へ。昨日美穂ちゃんが靴を買ったところですね。なんと専用エレベーターで、直接八階に行ける。世界一広く品揃えがすごい靴売場だ。私は布のフラットシューズ、ホリキさんはサンダルを買った。

この店員さんはとても親切な老婦人で、言えばいくらでも靴を持ってきてくれるのだ。

「日本と比べて、決して安いわけじゃない」

とホリキさんは言う。

「だけど、これだけ買物にわくわくする街は、やっぱりニューヨーク」

なんだそうだ。

そして夜は、ラルフローレンのレストランへ。これには深いストーリーがある。いまNYで、いちばんおしゃれで、いちばん予約がとれないと言われているレストランだ。しかしそこの席を、ホリキさんはゲットしてくれたのだ。

「このあいだあるパーティーに行って、NYに詳しい人に、ラルフのレストラン行きたい、って言ったの。そうしたら彼が、だったら、ラルフの甥っ子に言えばいいじゃん。ほら、そこにいるよ、って紹介してくれた。そうしたら彼、OK、何とかするって、今夜の席をとってくれたの」

なんかすごい話ですね。でもそんなところに何を着てけばいいの？

「カジュアルでいいの。デニムでもOK」

という言葉を信じてニットで行った。まずバーで待たされる。バーテンダーやウエイターのイケメンなことといったら。お店の女の子もめちゃくちゃ美人。そして席に通された。まわりを見ると、確かにみんな気軽な格好ですね。おしゃれだけど。

メニューを見る。驚いた。ステーキ・ハンバーガーがメインではないか。そう、この豪華な内装のレストランで、セレブたちはハンバーガーを食べるんだ。なんてスノッブなんでしょう。

アウトレットの成果は来週！

2人のおしゃれ番長

楽しいニューヨークの旅は続く。

「明日は夕ごはんに、AYAKOを誘わない？」

とホリキさんが言った。

AYAKOさんというのは、私も名前を聞いたことがある。ニューヨークで大成功したメイクアップアーティストだ。一流のデザイナーが、こぞって彼女と組んだ。

ご存知のように、日本では「ヘアメイク」といって、ヘアとメイクを一緒にする。しかし海外では完全に分業。髪をやる人は髪だけ、メイクはメイクだけで、さらに深いアーティスト性を要求されるのだ。AYAKOさんは、今は『アディクション』というコスメのクリエイティブディレクターもしている。日本でも高感度の人たちがこぞって使うコスメだ。

すごいなー、ニューヨークの超セレブと食事である。

「AYAKOが、『インドシン』を予約してくれたって」

これまた無知な私は初めて聞いたのであるが、『インドシン』は、ニューヨークのおしゃれな人たちが集うエスニック。有名な老舗で、日本でいってみれば『キャンティ』といった感じらしい。

ホリキさん、美穂ちゃんの三人で出かけた。AYAKOさんは写真どおりのミステリアスな美女。しかしとても気さくな人であった。

白ワインを飲みながら、みんなで春巻きロールや牛肉サラダを食べる。ウエイトレスが美人、なんてもんじゃない。みんな身長百八十センチぐらいある。

「ここで働いているコは、だいたいモデルよね」

とAYAKOさん。

「ちょっと売れなくなると、ここで働いていることが多いの」

すごい……。日本に連れてきたら、みんなすぐに売れっ子になりそうなレベルだ。

特に私たちのテーブルについてくれたアフリカン系の女の子ときたら、褐色の肌にきれいな瞳、長ーい、長ーい脚……。

「あなたって、なんて美しいの！」

と思わず言ったら、

「あーら、あなたたちもビューティフルよ」

だって。お世辞とわかっていてもうれしいかも。

ここで明日アウトレットに行く相談をしていたら、

「私も行こうかな……」

とAYAKOさん。

「仕事入ってるけどキャンセルしちゃう」

ということで、四人でウッドベリーコモン・ファクトリーアウトレットへ。車で一時間ぐらいかかるということで、ホリキさんが朝の十時に車をチャーターしてくれた。

まあ贅沢ですが、みんなでワリカンにするから大丈夫。その分、いっぱいお得なお買物しなくっちゃね。

そして到着して、まず行ったところはセリーヌ。おめあてのシャネルが昨年になくなっていたのは残念であるが、このアウトレット、とにかく広い。目的地にまっすぐ行かないと時間がなくなってしまうのだ。

「あっ、これ昨年の」

「これは定番だからOK」

なにしろ東京のおしゃれ番長とNYのおしゃれ番長とが一緒にいるのだ。アウトレットの商品、何年落ちかをすぐに見抜くことが出来、

「これ、買い」

「これ、いらない」

と即座に決めてくれるのである。

セリーヌで二人が買ったのは、トリオ。そお、斜めにかけるあの小さいのですね。美穂ちゃんはえんじのトリオを日本から持ってきて、NYでも使ってる。

私はバッグはもういらないかなーと、ニットを買った。ネイビーで可愛い。

そしてボッテガ・ヴェネタに行ったら、あまりの安さにみな大興奮。ボッテガの編み込みバッグはそう、流行りすたりがない。

「だからすごく得かも。ここがいちばん割引き率が大きい」

というホリキさんの言葉を信じて、私は初夏用のブルーをつい買っちゃった。

今回私はつくづくわかったことがある。おしゃれな人というのは、徹底的に凝る。こだわり、なんてもんじゃない。自分が欲しいものを手に入れるまで、絶対に妥協し

ないのだ。ホリキさんはNYでコンバースを五足買ったが、ここでもジッパーがついてる形を探しまわっていた。

そしてAYAKOさんは、ヴァレンティノのバッグを一度は包ませていたが、やっぱりやめる、と言った。

「このバッグは昨年のものだもの。昨年のものに、このお金はやっぱり使いたくないわ」

なんかすごいと思いません？　私なんか洋服入ればOKだもん。すぐ妥協しちゃうもん。しかしヴァレンティノのレースのドレス、どんなことしても入りませんでした。ニューヨーカーにデブはいない、とAYAKOさんは言った。出勤前にみんなジムに行くそうだ。本当に反省するのは、日本に帰ってからにしよう。今日もたぶん食べるはず。

神さまのエコヒイキ

アンアンの二千号記念、本当によかったですよね。

アンアンの歴史がわかり、懐かしい人がいっぱい出てくる。私にとって〝お宝本〟になりそうだ。

ところで、いつもジミな生活をしている私のもとに、降ってわいたような華やかなイベントが。私が原作のドラマの製作発表会。それにぜひ出てくれという依頼があったのだ。私も過去に何度かそういうのに出たことがある。ホテルの広間かあるいは局のロビイで、マスコミ陣を招いて、写真を撮って終わり。質問を受けるのは、だいたい主演クラスの芸能人で、私なんか刺身のツマ、と言おうか。

「ついでだから、いてもらってもいいか……」

という程度の存在感。原作者なんか、まあこういうものである。

当日、何を着ていこうかと考えたが、どうせ裏方だし、ということで黒のワンピを着て行った。

テレビ局に到着する。ロビイに大きな特設会場が設けられていて、お花もいっぱい飾ってある。かなり力を入れているのがわかる。

製作発表会の前に、稲垣吾郎さんと対談をした。相変わらずカッコいい吾郎さん。マザコンのダンナさんを演じている。が、吾郎さんが演じているのだ。タダのダンナで終わるわけがない。ダンナもまた秘密を抱えているのである……。

そして対談も終わり、イベントの打ち合わせが始まった。びっくりだ。他の三人の女優さんたちは、みんなイブニングドレスであった。今話題の橋本マナミさんは、胸の大きく開いたベアトップドレス。豊満な胸が半分見える。女の私でもくらくらするぐらいセクシー。前を歩いていらしたら、腰がものすごく高い位置にあった。

そして朝ドラで毎日見てた高梨臨さんは、清楚で可愛い。品があって本当に美しい人だ。

主役の栗山千明さんときたら……、あなた、もう……。オレンジ色のイブニングドレスが似合う。何といおうか、美女のオーラがあたりを包むのだ。

私はこの人たちに続いて、レッドカーペット（短いですが）を歩くという、非常に恥ずかしいことをした。が、誰か私を見てるわけじゃなし、と考えると気がラクになった。舞台にあがる。

二段のひな段、私は後ろに座った。すると二人の女優さんの後頭部とうなじが見える。つい目が吸い寄せられる。女優さんの後ろ姿をこんなに間近で見たのは初めてである。じーっと見ちゃった。そしてつくづく思ったのである。

「美人というのは、後ろから見ても美しい」

うなじが綺麗、おくれ毛の一本一本が綺麗、首の形が綺麗、耳も綺麗。後ろの首の肌も真っ白……。ため息が出るぐらいパーフェクト！

「神さま、あなたはどうして、こんな不公平なことをなさるのでしょうか」

と、心の中でつぶやいていた。同じ人間として、同じ女として生まれてきたのに、神さまはどうしてこういう一部の人だけは、うんと念入りに芸術的におつくりになったのでしょうか…。

女優とはよく言ったものだ。女の優れると書くのである。女という人種の中で、神が選んだ特別の人たちが女優になるんですね……。

ああいう人たちは、前世できっといいことをしてきたに違いない。遺伝よりも、そちらの方が大きいかも。なぜなら、バラエティや雑誌に、時々女優さんのお母さんがお出になるが、みんなが美人とは限らない。ふつうのおばさんだった、ということがほとんどだ。それなのに、娘がとびきりの美人として生まれてくるのである。神さまがふと、こんなエコヒイキをするのは、やはり前世の行いを見ているからなんだ。しかし現世の私はこんなにいいことをいっぱいしてるんだから、来世はちゃんとしてほしい。ホントに。

昨日のことである。男友だちから電話がかかってきた。

「今、何してるの」

と聞いたら、

「家内と一緒」

だって。その家内は、私が紹介したんですよ！　某ブランドショップで、長いこと私の担当だった彼女を、バツイチの大金持ちの友人に紹介したら、あれよあれよという間にご結婚。地中海アマルフィでプロポーズされた直後、彼女はすぐに私に報告してくれた。

「連休どこ行くの？」

と尋ねたら、ローマだって。このあいだは二人でニューヨーク行ってきたばっかりだけど。いいですよねー。私はこの他にも三組、カップルをまとめてきた。みーんな幸せになっている。

神さま、来世はお願いします……と言いかけてやめた。来世女優になれなくても、現世でもっと幸せを。このお腹何とかしてほしい。このあいだ「ワンダーコア」を通販で買って一生懸命がんばってますし。

足から、クラゲ!?

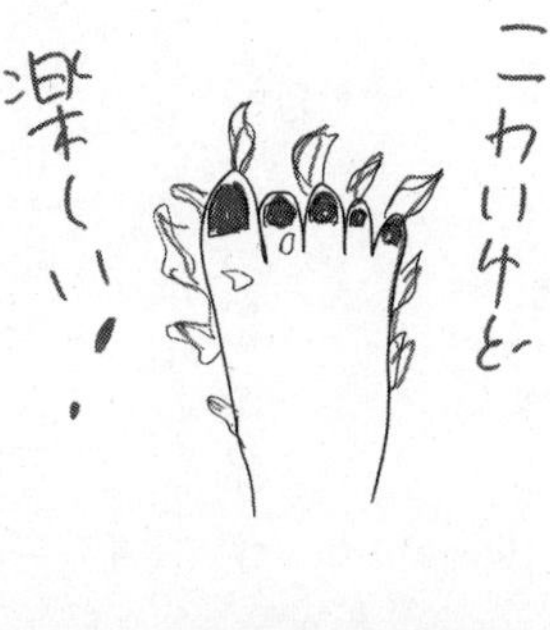

夏がやってくると、ショップにサンダルが溢れる。私のような大足の女には、あんまり嬉しくもない季節ですけどね。

それでも何年か前、私は某高級ブランドショップで、それはそれは可愛いサンダルにひき寄せられた。ビーサン風のストラップに、小さな貝殻がびっしりついているのだ。これなら履きたいと思ったものの、あまりの値段の高さに諦めた。

が、その後香港で、驚異のディスカウントショップを発見。このエッセイにも書いたと思うけど（『突然美女のごとく』収載）、昨シーズンのものが信じられないような値段で並んでいる。バッグや服はそうでもなかったが、靴の充実ぶりがすごい。広い面積にブランドものがずらり。しかもサイズを言えば、店員さんが奥からいくらでも出してきてくれる。

私と友人三人は、四時間近く店にいて、次の日もまた行った。一人七足は買ったと思う。

その中にはあの貝殻サンダルも含まれている。私に、

「履いて、履いて」

と訴えかけてきたようだったのである。

そして日本に持って帰って、さっそく履いてみたのであるが、すぐに失敗に気づいた。こういう風に足がほとんどむき出しの形のものは、よほど指や甲が綺麗でないとみっともない。

私の場合、甲の幅が非常にあるうえに、いつもきつい靴を履いているので小指が変形している。これは仕方ない。素敵な靴を履くために、私はものごころついてからずっと、

「シンデレラのお姉さん」

状態だったからである。

サロンに行ってペディキュアしても、ババっちい足はババっちい。私はそのサンダ

ルを諦めた。しかし人にあげる気にもならず、靴箱の奥にしまってある。人の足なんか誰も気にとめないリゾート地で履くつもり。

そんなわけで、露出度の大きいサンダルは絶対に履かない。履かないものの、夏が近づけばそれなりにいろいろ手入れしている私。この頃定期的にマッサージに行くのであるが、そのたびに女性のスタッフが
「今日のハヤシさんのネイル、可愛いね」

なんて言ってくれるので、まあかなり意識している。

しかしカカトの部分がごわついているのは、どうしても治らない。サロンでもダメ。私はいつも美人の格言を心にとめているのであるが、ずっと前に神田うのちゃんのコメントを読んでいたら、

「神田うのが、カカトをざらざらさせるわけにいかないでしょ」

というのがあった。それをずっと憶えている。

先週ドラッグストアに行ったら、

「足の角質オフがすべてＯＫ」

というアイテムを発見。風呂場のスリッパのようなものに液を浸し、四十分足をつけるのだ。このテのものは、前にも何度か使ったことがあるが、さらに進化している

ようだ。

さっそく買い、テレビを見ながら足をその液に浸した。そして軽くバスルームで洗って寝たのであるが、朝起きても何の変化もない。そしてそれきり、私は足のことをすっかり忘れてしまった。

三日後、夜にテレビを見ていた私はふと床に目をやり、

「ギャ〜〜ッ!」

と叫んだ。足がすごいことになっているのだ。白い皮がむけてきて、ゆらゆらと左右に揺れているではないか。さっそく剝《は》がす。楽しいったらありゃしない。水虫の友人(男性)が足の指の皮を剝がし、

「くせになって困る」

と言っていたけれど、まさにそんな感じだ。剝がしても剝がしてもまだまだある。ティッシュペーパーに、白い皮が山盛りになった。

よせばいいのに、この後お風呂に入った。すると皮はもっとすごいことになり、お湯の表面にふわーっといくつも浮いてきたではないか。おかげでお湯を替えなければならなくなったほどだ。

そしてこれで剝がし終わったと思った二日後、今度は指の先から、白いものがふわ

ーっと出てきた。それはまるでクラゲのようでしたよ。

パッケージによると、この角質剝がし、三週間に一度するとよいとのこと。楽しみがまた増えましたね。

角質といえば、私は手のマッサージが大好き。仕事をしている最中も、資料を読みながら手にクリームを塗っている。新幹線の中でも、飛行機の中でも、タクシーの中でも、気づくとマッサージをしている。よってハンドクリームは必需品。バッグに入っていないと、コンビニに入って買う。

が、時々角質がポロポロむけるものがありますね。一人の時はいいんだけど、人と話している最中、ふと思いついて手をこすり始めると、アカみたいなものがどんどん落ちてきて、しまったと思う。途中でやめればいいものを、注意をひきたくなく、何気なく終わらせようとするから、ますます困ったことに。

が、おかげで私のおててはいつもすべすべ。

お腹も人前でもマッサージ出来来、脂肪が剝がれてくれるといいのにね。

私の出番よ！

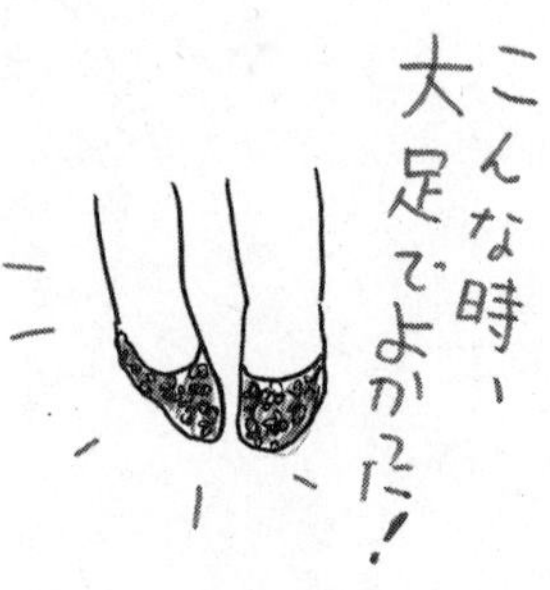

ドラマ「不機嫌な果実」がすごいことになっている。原作にはない、エロティックなシーンがいっぱいだ。
特に成宮さんの攻め方すごいですよね。
私は小説にこのキャラを書く時、「大手の広告代理店に勤めている、四十代の男性」をイメージした。
東京に暮らすたいていの女性なら、そう言っただけでイメージがつかめることであろう。エリートの遊び人で、芸能人とかの知り合いもいっぱい。東京中の流行りの店

をやたら知っている。ゴルフとカラオケがうまくて、ノリがいい。そして女の子が大好き。不倫なんてあたり前で、

「ベッキーのこと、あれぐらいでどうしてみんなカリカリしてるんだろ」

と平気で言っている。

私の友人は、奥さんと幼い娘の写真を、スマホの待ち受けにしている。が、彼女と一緒に行った旅行の写真もいっぱい撮ってる。

「もし見つかったらどうするの？」

心配したら、

「平気、平気。暗証番号をすごくわかんないようにしているもの」

という返事があった。

が、結婚前に遊びでつき合うなら、こんな楽しい相手はいないかも。いろんなところに連れていってくれるし、口もうまい。

だから結婚前の主人公・麻也子さんも、適当につき合っていた。なぜならこういう遊び慣れた男の人は、こちらが結婚するとなると、後腐れなくあっさりと別れてくれるからだ。ストーカーになる男の人など、間違ってもいない。

だからこそ、夫に退屈した麻也子さんが、

「ちょっぴり浮気気分を味わおう」

と呼び出すのにぴったりの相手なのだ。

これを成宮クンが、こってりイヤらしく演じる。グラスを撫でながら、

「今、悪いこと考えてんだァ……」

なんていうセリフ、懐かしいなァ。

バブルの頃、若い女はみんなこんな風に口説かれていたのである。おいしいもの食べさせてくれたり、ホテルのいい部屋を予約してくれたり、そりゃあ、お金と気を遣ってくれた（らしい）。

私の友人たちは、みんなこのドラマを見ているので、

「結婚前の彼のことを思い出して、ウルウルしちゃった」

なんてメールをくれる。

そう、人の一生なんていうのは、どんな風に恋をし、どんな風に相手とつき合っていたか、これに尽きる。だから思い出の男の人が多いというのは、なんと幸せなことであろうか。

そんなことを思わせてくれるドラマ「不機嫌な果実」。

そして吾郎さんの演技は、やっぱりすごい。潔癖性のヤな感じの夫を演じていて、

すぐに傘の位置を直したりする。

「あぁ、こういう男、いる、いる」

とみな大盛り上がりだ。

つい先日の、某ブランドのファミリーセールへ行ったら、受付の女性がみんな、

「ドラマ『不機嫌な果実』見てます」

と口を揃えて言ってくださって、とても嬉しかった。

さてファミリーセールというのは、限られた人たちだけのシークレットセールですね。スタイリストとか、ファッション誌のエディターといった仲よしが招かれる。私はいつものようにホリキさんに連れていってもらった。

彼女は言う。

「今日、靴がお得だよ。サイズが合うと、ものすごいお買い得だよ」

このセールに出るのは、撮影の貸し出しに使われたものが多いそうだ。そお、モデルさんというのは、ものすごくスリムであるが、足が大きい人がいっぱい。ここで私の出番である。

流行のウェッジソールや、スリップオン、そしてビーサンまでが、信じられないような値段になっているのだ。あまりの嬉しさに、四足買った。本当はもっと買いたい

くらいだが、もううちに置き場所がない。

そしてお洋服の棚を見る。なんて素敵なんでしょう。ちょっとトガっているけど、可愛いここの服が大好き。しかし普段は、あまりにもお値段が高くて近づけない。買うとしたらせいぜいが靴とバッグである。もちろんサイズのこともあるけどさ……。

それでもラックにかかっているジャケットを見る。ワンピも見る。スカートも見る。見るだけ。だってあまりにも細いから。

「私にもこのスカート、細過ぎて入らない」

と、ホリキさん。

「今日昼間、スタイリストや編集者の方がいっぱいいらしてくださったけど、みなさん、やっぱり入らないって、シンデレラの服だって」

プレスの人は言う。そう、モデルサイズなので、ものすごく細いんですね。その時、買った靴を並べながら、「いい気味！」とほくそ笑む私って、やはりイヤな性格でしょうか。

出雲に名医あり

「テッコショック」から、まだ立ち直っていない私。

四月の終わりに「徹子の部屋」に出演した。よせばいいのに、白のスワトウの着物を着た。徹子さんは、

「すっごく綺麗なお着物。まぁ、ステキね」

としきりに誉めてくださったが、太って見えたことは間違いない。テレビは二割ぐらいボリュームアップして見えるが、それにしてもひどすぎる。

「雪ダルマみたい」

「マツコ・デラックスかと思った」

という声がネットにとびかっていたが、中でも多いのが、

「林真理子って、こんなに年がら年中ダイエットしていて、どうして痩せないのか」

という疑問の声であった。

これについては確かに不思議である。私は私なりに頑張っているのに……。朝ご飯はうんと食べるが、昼ご飯はほとんど口にしない。夜はパンとかご飯など糖質は抜いている。ビールは避け、飲むとしたら焼酎かウイスキー。あるいは人がご馳走してくれる高いワイン。

こんなに頑張っても、「微増量」はずっと続いているのである。

そんなある日、アンアンの編集長とランチをした。編集長はまだ若く美人。田舎に生まれて田舎で育ち、大学も地元。ふつうのところに就職したそうだ。その彼女がどうしてアンアンの編集長になったかというと、かなりのドラマがあるのであるが、プライバシーに踏み込むので詳しくは書けない。

しかし宝塚をこよなく愛し、相当天然のところがあるこのキタワキ編集長のおかげで、アンアンはこのところ完売に次ぐ完売である。この本が売れない時代に、

「センテンススプリングか、アンアンか」

と言われ、「東銀座の奇跡」として讃えられている。

そのキタワキさんが、ランチのチキンパプリカ煮を食べながら、

「ハヤシさん、〝出雲の医師《せんせい》〟というの、知ってますか」

と私に尋ねた。

「いーえ、知らないなァ」

「今、モデルさんや美容ライター、スタイリストっていう人たちが、こぞって行くクリニックが出雲にあるんです。なんでもものすごく効くダイエットの漢方を調合してくれるとか」

出雲行きの飛行機は、そういうファッショニスタたちでいっぱいになるという。

「へぇー、すごいねぇー」

こういう話にはすぐのる私であるが、今はやや〝ダイエット疲れ〟をしているかもしれない。今、別のところで漢方もらっているけど、そんなに痩せないし……。

「ハヤシさん、出雲行きましょうよ。みんなで」

しかし話はトントン拍子に決まり、ついでに玉造温泉の星野リゾートに泊まろうということになった。あの憧れの星野リゾートだ。

当日羽田に集合したのは、キタワキ編集長と二人の若手編集者、それから美容ライターのイマイさんである。彼女とはかつてドバイへ一緒に行った仲である（『突然美

女のごとく』収載)。

しかし四人を見ても、ダイエットを必要としているとは思えない。むしろほっそりしている方だと思う。

「いゃーん、そんなことないんですぅー。私、お腹のへんがすごいしぃ〜」

女って、ダイエットのこととなると、みんな猫言葉になるんですよね。

「いゃーん」「だけどぉ〜」「だってぇ〜」を連発。どうして太ってもいないくせに、そんなに痩せたがるの。

特に先月から私の担当になってくれたシタラちゃんは、誰もが知るファッションブランドのお嬢さま。おしゃれなのはもちろん、今どきのコらしく顔が小さくてスリムである。どうしてこんなに細っこいコまで、痩せる漢方薬求めて出雲に行くのと私は腹が立ってくる。

「でも私、このところ体重落ちなくてぇ〜〜。ニャ〜〜」

ま、いいわよ。みんなで行きましょう。

そして出雲の地に着いて、まず向かったところは出雲大社。アンアン編集部の人たちは全員独身なのである。

「今年こそいいご縁がありますように」

と全員で祈った後は、出雲そばの老舗へ行き、おいしい和菓子屋さんで大福も買った。

その後は皆でクリニックへ。予約をあらかじめ入れておいてくれたので、そう待たずに診察を受けた。

「大丈夫、この漢方飲んで、食事のやり方守ってくれれば、するする確実に痩せますよ」

というお医者さん。

「先生、お願いします。最後の望みの綱です」

とすがる思いで見つめる私である。

漢方は一ヶ月分ですごい量になったので、星野リゾートから宅急便で送った。

「着くのはあさってだし」

ということで、夜、ワインを飲みまくり、チョコにせんべい食べまくった私たちってどうなんでしょうか？

イケる！乳酸キャベツ

田舎へ若い女性たちが大勢で行き、地元の青年たちとお見合いする番組が大好き。あれを見ていると、女の子はどんどん綺麗に可愛くなり、男性はりりしく、いい感じになっていく。カップルが成立し、彼女を見つめる目つきなんか恋人そのもの。恋ってこんな風に始まるんだとよーくわかる。

そしてつくづく思うのは、第一印象は間違っていないということ。

「あ、私のタイプ！」

と思ったら、それはずっと続くのである。

女の子の方も、男の人みんなに「タイプ！」と言われる必要はないけれど、十人いたら二人ぐらいには「おっ、いいじゃん」と思ってもらいたい。

別に男性のためにおしゃれをするわけでもないし、ダイエットに励んでいるわけでもないけれど、恋をするとその二つのことが本当に楽しくてたまらなくなる。

ところで「出雲の医師《せんせい》」のところから戻ってはや半月。

私は毎朝、自動の煎じ器に漢方薬を入れ、四十分煎じる。朝飲み、残ったものはステンレスの水筒に入れてちびちび飲む。言われたとおりに、糖質は毎朝ご飯を半ぜんだけ食べ、昼・夜は食べない。

そのうえ、このところ週に三回はジムに通い、ストレッチとマシーンをしている。

それなのに体重はぴくりとも動かない。

「この一ヶ月で、すごく体重は落ちますからね」

と先生は言ったし、私のまわりでも成果があがった人は多い。それなのに、私は……。

「そっちはどうですか」

と編集長にＬＩＮＥしたら、

「今、忙しいので、来月からやることにしました」

だって。

担当のシタラちゃんも、

「私もまだやってません」

とのこと。そうだよね、さし迫っていたのは、この私ぐらいであったもの。

「ハヤシさん、もしかすると便秘じゃないの。それで体重が減らないんじゃないの」

と別の人が言った。

そういえば、生まれてこのかた病的な便秘症の私。ヨーグルトも毎日食べてる。かつては、酵素も飲んだ。ソウルから取り寄せた漢方ゼリーも。アロエはわりと効いたが、食事の後お腹がゴロゴロするのが困ってやめた。朝食ならいいけれど、外での昼食、夕食だったら真っ青である。

下剤は使いたくないけれど、あまりにも長く続くとつい飲んでしまう。こんなだから、私は肥満から脱け出せないのではあるまいか……。

そうしたら四日前、テツオがふらりと現れてひとつの瓶を置いていった。

「料理の先生がつくった乳酸キャベツだから食べてね」

この乳酸キャベツの本、テツオが担当していて、とても売れているそうだ。

が、しばらくは手を出さなかった。あんまりおいしそうではなかったし、こういう健康食品にはまるで興味がない私。乳酸キャベツって、ザワークラウトのことでしょ。

ロシアでよく食べているやつ。あれってあんまりおいしくないんですよね。

とはいうものの、なんとなく夕食の時に食べてみたら、結構おいしい。キャベツの自然な甘みがいきていてどっさり食べられる。次の日の朝も食べ、あっという間に瓶の半分食べてしまった。

そうしたら、すぐにお腹が反応してきたではないか。

「これ、いいかも」

ご飯代わりに食べれば、ダイエットにもばっちりだ。

しかしもう半分しか残っていない。テツオが本もくれたので、自分でつくることにした。

ものすごく簡単である。キャベツを一個買ってきてせん切りにする。塩をまぶし、砂糖もちょっぴり入れてよくもむ。そして保存袋に入れ、重しをすれば出来上がり。三日ぐらいで発酵が始まるので、冷蔵庫に入れ、一ヶ月ほどかけて食べるのだ。

本を読んでわかったのであるが、細い細いせん切りにするのが大切らしい。ここがロシアと違うところ、繊細な手間が、おいしい乳酸キャベツになるのだ。

そして今日、すべての瓶の中身を食べ終わった。つくったキャベツが発酵するのはあさって。それまでが待ち遠しい。

この夏は「出雲の漢方薬」と「乳酸キャベツ」で絶対に痩せるぞ。ノースリーブを絶対に着る。

ところで、今流行のガウチョとか、ワイドパンツってダイエットの敵ですね。ふつうのパンツと違い、ヒップや太ももがすっぽり隠れる。ウエストがゴムだった日には、もうラクチンでラクチンで。

私はこのあいだニューヨークで買った、デニムのガウチョを愛用している。この流行がどうかずっと続きますように。私がスリムになるまで。

〃ヤセ期〃、到来！

ちょっとォ、体重が落ちてきましたよ！

二週間で二キロ！

〃出雲の医師《せんせい》〃ありがとうございました。

もちろん私だって頑張っている。

週に二回か三回、ジムに行っているのだ。

このジムについては、私は深〜い洞察と経験を持っている。過去私は、入会金がものすごく高い高級ジムや、一流ホテルのジムに通っていた。が、自分で車を運転しない私は、タクシーで行くこれらのところは長続きしなかった。

それに何といいましょうか、私は高級ジムにありがちな、あの人間関係がイヤだった。お金持ちでハイソなママ方が、バスローブを着て、人の噂話やバカンス、エステのことについてお喋りしている。あの雰囲気にまだ若かった私は耐えられなかったワケ。帰りにお化粧してブロウする時間ももったいないし。

そんなわけで私は、

「絶対に歩いて行けるとこ」

「汚い格好で行き来できるとこ」

と条件をつけ、駅前の庶民的ジムの会員になった。が、ここも長続きしなかった。

そして私はもうひとつ条件をつけた。

「仲間がいること」

ぐーたらで根性なしの私は、ひとりじゃなかなかジム通いが続かないからだ。

ついていることに、隣のマンションの奥さんが一緒に行ってくれることになった。

朝になるとLINEが入る。女性が腹筋しているスタンプがくる。

「8時半にピンポンしますね」

こうして二人でジムへ行き、ひととおりマシーンをつかって一時間ぐらい頑張る。

私はさらに考えた。

「自分ひとりでてれてれやっても効果が少ないかも。ここはプロの手を借りよう」

そして一時間単位で、パーソナルトレーナーをつけてもらった。ものすごく可愛い若い女性である。

この料金はとてもリーズナブルだと思う。なぜなら私は、家に来てくれるパーソナルトレーナーに、ものすごく高いお金を払っていたからだ。

うちに来てもらうと、とにかくお金がかかる。が、わずか八分歩けば、料金は四分の一になるのである。

そして今日、久しぶりにワンピを着てびっくり。わずかな間にするする入るではないか。このポリエステルのワンピは、とても凝ったデザインで、胸下からウエストにかけて斜めの切りかえがあり、ぴっちり体に添うようになっている。

が、ここに余分なお肉がある私は、上へ上へとひっぱられてしまうのだ。よってミニになる。最初からミニではなく、布が落ちてこない不自然なミニ。

それでも、ちょっとダイエットしたら、すっきり布が下に行き、ちゃんと膝までのワンピになった。そう、うれしいうれしい〝ヤセ期〟が始まったのだ。

ところで朝のワイドショーを見ていたら、サッカーの長友選手と、タレントの平愛梨さんとが熱愛だとか。

長友選手は、

「僕のアモーレ（愛する人）です」

なんて堂々と言ってる。いいな、いいな、こんな風にテレビではっきり言ってもらえるなんて。対する愛梨ちゃんも、自分のツイッターだかで、「妊娠なんかしてないよ」と、とても可愛らしく反応してたっけ。

事務所の社長に交際報告したら、握手を求められたという。これは、

「おめでとう」であり、

「よくやったな。よかったな」

であろうと思う。

芸能界というところの生存競争の厳しさは、もの書きどころではないはずだ。愛梨ちゃんはキュートで人気者であるが、それがいつまで続くかわからない。こんなことを言っては失礼かもしれないが、独身を貫き大女優への道を歩くタイプではないような気がする。だったらちょうどいい時に、サッカーの大スターを射止めた方がいいわけだ。

アイドルというのは、自分の価値がいちばん高い時に、いい結婚をしなくっちゃと私は思う。テレビを見ていると、年をくった独身元アイドルは、みんな〝痛いキャ

ラ〟をやらされている。それも楽しいというなら話は別だが、やはりお金持ちの素敵な男性と結ばれて、ゆったりのんびり「ママタレ」をやった方がいいような気がする。

ふつうの女性というのは、芸能界の人たちと違って、基本値がぐっと低い。だからそれほど劣化を気にしなくて済むという利点があるのではないか。女優やタレントさんなら、すぐにシワが出来た、目の下がクスんだとか言われるが、ふつうの人なら、自分一人の嘆きで済む。そのためゆったり構えられる。実は適齢期はかなり長いはずである。もし結婚して家庭を持ちたい、という気持ちがあるなら、この間ずっと〝高値〟を維持しておかなくてはね。〝ヤセ期〟をつくり〝モテ期〟をつくり出す。これぞという男を見つけ、自分のものにする。二十代の終わりから三十代にかけては、忙しくて目がまわりそうだ。

女子マネっていうのはね

「これ、見てください」

ハタケヤマが一枚の絵を取り出した。

それはアンアンからまとめて戻ってきた私のイラストである。

ちょうど海老蔵さんと麻央ちゃんの結婚披露宴に出た私は、二人の若さと美しさに感動した。何よりも麻央ちゃんの初々しい愛らしさをまのあたりに見て、思うことは多かった。

さっそくそのことをこのコラムに書き、

「女子力より〝マオ〟力《りょく》」

というイラストをつけたのだ（『美女と呼ばないで』収載）。

戻ってきたイラストの袋のいちばん上に、このイラストが入っていたんだと。

麻央ちゃん、どうか早く病気治ってねと、私は祈らずにはいられない。いろいろ不安でつらいこともあるだろうが、麻央ちゃんは日本でいちばんいい男と結婚したのだ。ということは日本一強運な女ということになる。病気ぐらいに負けるはずはない。

ところで、麻央ちゃんの病気がわかる少し前、歌手のファンキー加藤さんの不倫が発覚した。相手は人の元奥さん。しかも有名人の、というので驚いた。ふつう有名人と結婚したら、かなり私生活に気をつけるはずだ。自分に何かあったら、夫もいろいろ書かれるから、ということで有名人の奥さんは何かと大変である。

私は芸能人やアーティストの奥さんにちらっと会ったことがあるが、みなさんとても感じがよい。すべてに控えめである。

中にはすんごいブランド品で身を飾り立てた、ヤな女もいる。毎晩飲み歩いていて、何かあると、さりげなく夫の名前を出したりする人に会ったこともある。

ま、半分はひがみですけどね。

ところでファンキー加藤さんの奥さんが、元マネージャーと聞いて、「またか」と思った人も多いに違いない。このあいだベッキーとなんだかんだあった川谷さんの、結婚したばかりの奥さんも、売れない頃からのマネージャーみたいな存在だったそうである。つまり「糟糠の妻」だったんですね。

男はそういう人にすごく甘え、何でも許されると思ってしまうようだ。

昔、私はあんまり売れない、新人の女優さんと飲み友だちであった。彼女は今でも女優さんとしてはサエないけれど、バラエティにそこそこ出てるかも。そんな彼女であるが、若い頃はもっと野心に燃えていた。映画に出たい、というのである。

「ねぇ、マリちゃん。監督の○○さん紹介してよ」

としきりに言われた。監督の名前も言えませんが、新しい感覚の映画をつくり、当時すごく売れていた人だ。私は対談を何回かして、ご飯も食べたことがある。まあ、知らない仲じゃない。

一度紹介してあげるつもりだったんだけど、ずるずる日々は過ぎ、待ちきれなくなった彼女は別のルートで監督を紹介してもらった。そしてよくある話であるが、すぐにデキちゃった。

これは彼女から直接聞いた話である。

二人でホテルに泊まっていると、朝、女性マネージャーが起こしにくる。

「監督、そろそろ新幹線の時間です」

とノックするんだそうだ。

が、後にこのマネージャーは、彼のれっきとした奥さんだとわかったそうである。

「ものすごく腹が立って、イヤな感じがした」

と彼女は言ったものだ。

すごい話である。妻でありながらマネージャーというのは、そのくらい尽くすものらしい。こうした流れは今も続き、現代の俳優やミュージシャンも、妻がマネージャーだったり、元マネージャーだったりすると、かなりナメてかかるようだ。

女性マネージャーになる人は、そもそも献身的である。運動部の女子マネージャーを見ていたらわかる。

「私が頑張って、この人たちを勝たせてあげる」

という情熱と奉仕の心を持っているのである。

某大学の医学部のテニスや野球のマネージャーって、部員二十人ぐらいに、数十人の女子マネ志望者がいると聞いた。別の女子大からやってくるのである。こういうミエミエなのは別にして、どんな女の子の中にも、「女子マネ」の芽はある。実は私は、根っからの女子マネ体質だと思う。おせっかいで、人のために何かするのが大好き。男の子がグラウンドで走っていたりすると、胸がキュンとする。

が、悲しいかな、中学や高校の女子マネというのは、指名制が多い。かわいい女の子を見つけると、うちの部に来て、と誘うのだ。

大学でそういうことをすると、いろいろ問題が出てくるが、高校ぐらいまでは平気で女子マネを選ぶ。ある意味での〝ミスコン〟をやる。「女子マネ」、そう、このちょっとイヤらしい甘い響き。私も一度はやりたかった。が、出来なかったかわりに、私はボランティアでいろいろやっているのかもしれない。一生懸命の男の子を、ホントに応援してます。

コイケ青年の選択

久しぶりにマガジンハウスに寄ったら、コイケ青年が元気がない。そう、私を担当してくれていたカレ。フジテレビのアナウンサー試験をカメラテストで落ちた彼は、どこから見ても文句なしのさわやかイケメンである。

実は彼、最近まで年上の女性と恋愛していたのであるが、話し合って別れたんだと。

「失恋って本当につらいですねぇ……」

と目を伏せた。

あまりのつらさに、初めてのハワイ出張の夜も思い出してわんわん泣いてしまったという。

「こんなことは初めてですよ」

それならば別れることはなかったのにと思うのであるが、

「僕がまだ二十五っていうのが決定的でした」

対する彼女は二十七歳。一流企業に勤める才色兼備なのであるが、結婚願望が強かったという。

「ちゃんと結婚を考えているのかと自問自答してしまいました。彼女のことは大好きだけど、今すぐ結婚できるかというと……。だって僕はまだ二十五歳ですよ」

アンアン編集部の中でもいちばん年下。入社して三年、やっと仕事を憶えたところ。おねえさまたちにシゴかれながら、一生懸命編集という仕事をこなしているのだ。結婚なんてとても考えられない、と思い、

「じゃあ、別れましょう」

と切り出したらしい。

「そういう〝結婚温度差〟って、本当に女を悩ませますよねぇー」

というのは、〝おねえさま〟の一人、ベテラン編集者のA子さん。

「私と彼は同い年だったんですよ。ずうっとつき合ってて、三十歳の時に私、言った

んです。もう待てないよって。後から聞いてわかったんですけど、彼って三十五まではずるずるしたかったらしいんです。冗談じゃないですよね」

そう、女の三十歳と男の三十歳とではまるで違う。

「世の中さ、年下の彼がいいっていう風潮があるけど、若い男とつき合うのもいろいろ問題だよね。結婚を考える年齢に、ズレが生じてくるんだもの」

と私。

かつて私も年下の男性とつき合ったことがあるけれど、その時私はもう三十代になっていて、焦っていた、なんてもんじゃない。その焦りが破局のきっかけになったわけであるが、自分より若くて、ノーテンキの男に対して、結婚なんて考えていないふりをしながら、なんとか結婚してもらえるようにもってく大変さといったら。ウソの縁談や、まるっきりあり得ない留学とか、さんざん策を練った。

しかもその前の長ーくつき合った男性からは、最初から、

「オレは結婚しない主義だから」

と宣言されていた。全くついていなかった私である。

「恋人がなかなか結婚してくれない場合、ここでしつこくしないで、まぁ、こっちともつき合いながら、他も探そうと思うんだけど、これがうまくいかないんだよねー」

私が言ったら、みなも「そう、そう」と同意してくれた。やはり本命の彼がいるというのは、なんとはなしに伝わるのではないだろうか。自分はやはりどうしても結婚したい。しかし相手はその時期ではないと考えている場合、女は本当にどうしたらいいのか。

つき合いの長さと質によるけれども、

「いい加減にしてよ」

と一喝するのもアリかなと思う。

相手に「選択」ということをさせるべきだ。自分がいる人生と、自分がいない人生。どちらを選ぶかということを。

コイケ青年の場合、

「ゴメンなさい」

をしてしまったわけだ。まあね、二十五歳ならば、彼女がいなくても楽しい人生がアリ、と思うのがふつうであろう。

それが証拠に、さっきまでメソメソしていたのに、

「明日の夜は、失恋してから初めての合コンですよ」

と、急に顔が明るくなった。

「親友が元カノとよりを戻したい、っていう目的の合コンです。本当に楽しみです」

そうだよね、コイケ青年ぐらいイケてたら、きっと合コンでもモテモテのはずである。

しかし私はわかる。彼はこんな風にして知り合った女性から、二年ぐらい後にまた選択を迫られる。

「ちゃんと将来のこと考えてるの？」

そして彼はまた、

「ゴメンなさい」

をするだろう。

なぜなら先輩を見よ。そこにいた前の前の担当者ハッチは、今年四十三歳。テツオにいたっては五十七歳の独身である。二人ともずっと「ゴメンなさい」をした結果がこれ。マガハにはこの伝統が生きているのである。

ノースリーブが着たいの

夏に向けて、私がいかに頑張っているか、既にお話ししたと思う。

トレーニングを長続きさせる、三つの大きな条件にやっと私は気づいた。それは、近さ、仲間、そしていいトレーナーの三つだ。

私はこれをクリアした。

毎朝八時になると、私のＬＩＮＥに彼女からのメッセージが入る。

「今日行きますか。どうしますか」

彼女、というのは、隣のマンションに住む奥さんである。優雅な専業主婦である彼女は、かなりふっくらタイプで、よく妊婦に間違えられた。私も何度か、

「ひょっとしておめでたなの？」

と尋ねたことがある。彼女はそのたびにとても傷ついて、

「働くつもりで痩せよう」

と決心したという。そしてその成果は見事に上がり、今やほっそりとした美人。その彼女が、私を励まし、毎朝ジムへと誘ってくれるのである。

もちろん毎朝、というわけにはいかないが、サボっても週に二回から三回は行く。そしてそのうち一回は、ジムのトレーナーを頼む。とってもリーズナブルな値段だ。毎月かなりの額を出して、うちにトレーナーに来てもらっていたが、あまりの高さに半月で音を上げた記憶がある。

が、ここのジムは何回行っても月に一万円！　前は何回も入会しては退会していたが、今は仲間がいる。

「マリコさん、痩せるまでは絶対にサボっちゃダメ」

と念を押される。

本当に私は頑張っている。ノースリーブを着る、という目標があるため、かなりつらいマシーンも三セットこなしている。そのためかわりと引き締まったような……。

ハタケヤマに見てもらったら、

「全然大丈夫ですよ」

ということですっかり気をよくした私は、プラダへ行った時に、ワンピースを買ってしまった。それはサクランボ柄のとても可愛い可愛いワンピ。夏になるとつい、こういうものを買ってしまうんですよね。

昨年はここで水玉のワンピを買った。これもものすごくラブリィであった。たままた友人の軽井沢の別荘へ行き、皆で食事をしていたら、某有名人男性が遅れてやってきた。それを見てびっくり。彼の着ていたシャツの柄がドットで、色といい大きさといい、私のワンピとそっくりだったのだ。うれしくて写真を撮りまくり、皆にメールしたところ、

「よっ、ご両人！」

なんて返ってきたっけ。

今年も親しい友人で、軽井沢へ行くことになっている。そうしたらやはりこのサクランボワンピを着ることになるであろう。

オバさんも、若がえる夏ですものね。

ところでここでまた一つ問題が……。夏のワンピというのは胸開きが大きい。よってデコルテがキレイでないとちょっと……ということになっている。

私はかねてから、

「デコルテは、女のカラダの生地見本」

と言い続けてきた。つまり、胸元から見える肌はちょっぴりゆえに、うんとすべすべと白くなくてはならない。私はデコルテにはそれなりの自信はあったのであるが、最近トシのせいか、ネックに横線が走り、くすんできたような……。気になって気になって仕方ない。

よく女の人の劣化について言うとき、

「首と手だけは整形出来ないので、トシを隠すことが出来ない」

というのがある。

「私の女としての歳月もここまでか」

と思ったのであるが、仲よしのヘアメイクさんが小さな瓶をくれた。

「これはすごいです。ちょっと試しに使ってください」

アメリカの再生医療に基づいた美容液だという。

「ふん、いつものアレでしょ」

効いたような、効かなかったような、よくわからないようなアレですよね。

ところが試しにそれを朝晩つけたところ、首のシワが薄くなり、しかも色が白くなったではないか。私はすぐにふつうの瓶を頼んだのだが、値段をきいてびっくり。五万円近くした。

「でもねハヤシさん、グループでまとめて買うと安くなるので、ちょっと待ってください。私、頑張ります」

ということで待つこと一ヶ月。なんと三万二千円で手に入った。私はこれをいつもお世話になっているお礼に、隣の奥さんに少しわけてあげた。彼女のネックも、ちょっぴりシワがあったからだ。が、彼女は一週間で早くも効果が。

「マリコさん、私にもふつうの瓶を」

私はここの化粧品会社のまわしものでないので名前は言えない。なにしろむずかしい長い英語で書かれているのだ。

とにかくこんな風にして、私の夏は近づいてきた。ネックとデコルテを思いきり出したサクランボワンピの私。

そういう生き方

神田うのちゃんがテレビの「しくじり先生」に出ていた。

「私はKYだったんで、日本一の嫌われ女になった」

ということで講義をしていた。

まるで別人のような話し方になっていて、美しく気品ある大人の女性であった。これはこれで魅力的であるが、天真爛漫でこわいものなし、「うのはねぇ」を連発していたうのちゃんも可愛かったよなぁ、と私は昔を振り返るのである。

そもそもKYというけれど、うのちゃんのように子どもの頃からすべてに恵まれていたら、そりゃあKYにもなるであろう。まわりの空気なんか読む必要がないんだから。

いいところのお嬢さんで、生まれた時からなんの不自由もしていない。子どもの頃からバレエを習っていて、まるでお人形さんのようなプロポーション。顔もめちゃくちゃキュート。中学生になったら、東京のいたるところでスカウトされたそうだ。そしてうのちゃんをひと目見ようと、別の学校の男子生徒が、校門のところにたむろしていたんだって。

芸能界に入ってからもモテモテ、ちやほやの日々。これだったらKYになるのはあたり前であろう。私に言わせると、

「人生をなめてる女の子」

これは悪い意味ばかりではない。世の中には極端に恵まれている女の子がいて、すべてが思いどおりになると考えている。事実そうなっていく。そしてこういう女の子だけが持っている愛らしさ、美しさ、というものがある。

策略なんか立てなくても、多くの男の人が寄ってくるんだから。ものすごく無邪気。意地悪なところもないかわり、自分の不用意な言葉で人が傷ついても、

「えー、どうして、こんなことで？」

と目を丸くするだけ。

よく知らない人たちは、こういう女の子にムカつくであろうが、まわりの人たちには愛される。大人たちにはとても大切にされる。

だからうのちゃんは、「嫌い」とマスコミに叩かれた時、きょとんとしてしまったに違いない。えー、どうしてと。

そしてもともと頭のいいコだったから成長も早い。

「今は娘と主人のために、もっと人の心がわかる人間になりたいです」

と、「しくじり先生」では涙を流していたけれども、別にそんなに反省する必要もない。九〇年代のうのちゃんは、とても可愛くてキラキラしていた。もうあのようなキャラはなかなか現れないかも。

私は、あくらのことを思い出す。そう、私のこのエッセイにもよく出てきた、あくらのことを。あのコも典型的な、

「人生をなめてる女の子」

であった。

うのちゃんと同じように、東京生まれのお嬢さま。下から聖心で、彼女のあまりの可愛さに、近くの麻布高ではファンクラブが出来たとか。学園祭では、彼女をひと目見ようと、男の子がわんさかやってきて大騒ぎになったとか。それであくらは、先生

に叱られた。

高2の時に宝塚に入り、娘役として活躍。トップまではいかなかったけど、かわいい！　とすごく人気があった。そして芸能界に入ったものの、お嬢さまだからハングリー精神がない。何とはなしにお芝居やコンサートの司会をやっていたっけ。

やがて大金持ちの御曹司と結婚。ここもうのちゃんと同じ。ハンパなお金持ちじゃない。私も披露宴に行ったけど、お父さんは日本で何番めかの有名な富豪である。

しかし、まあ、あんまりうまくいかず三年ぐらいで破局。が、あくらはめげない。別れたって、いっぱい男の人がちやほやしてくれる。毎夜いろんなパーティーに出て、今もとっても楽しそう。

この頃はデザイナーをしている。アトリエをつくって、自分でデザインしているんだって。

「マリコさん、絶対に来て」

と言うので、このあいだ展示会に行った。宝塚チックなお洋服で私の趣味ではなかったが、立派な展示会であった。それにあいかわらずとても綺麗。透きとおるような真っ白い肌に、大きな大きな瞳。

「少女漫画から抜け出してきたみたい」

といわれる美貌は少しも変わっていない。

あくらもいろいろ苦労はしたかもしれないけど、それがちっとも身についていないのだ。ずうっと世の中、自分の思うように動くと思ってるだろうし、たぶんそうなっていく。

「洋服のデザインなんて、私に出来っこない」

とは絶対に思わないのが彼女の強みだ。ごくごく恵まれた女の子だけに出来る生き方である。そして手を貸してくれる人もいっぱい出てくる。

「こういう生き方もあるんだなぁ……」

と私はかなり羨ましい。

「人生をなめている」

からこその愛らしさ、自信に充ちた生き方。

あぶなっかしいようでちゃんとしている。

麗しの「エリザベート」

公演ごとにプラチナチケットになっていく、ミュージカル「エリザベート」。

私はかねてより、「劇場の姫」こと中井美穂ちゃんに頼んでいた。なにしろ美穂ちゃんはほとんど毎日お芝居を観るという人。二本のこともあるそうだ。なんたって権威ある読売演劇大賞の選考委員をしているんだからすごい。

「美穂ちゃん、お願いね。花總まりさんはあなたと同じ事務所にいるんだし」

としつこくしたら、

感動して泣いちゃった！
エリザベート
まいった！

のだ。

「なんとかします」

と約束してくれた。そしてかなり苦労して帝劇のすごくいい席を手に入れてくれたのだ。

ミュージカル「エリザベート」は、名作中の名作である。ウィーンで初演された。あたり前かも、オーストリア＝ハンガリー帝国の皇后の話なんだから。何回かウィーンへ行ったことがあるが、お土産物屋さんでもこのエリザベートは大人気である。お皿とかマグカップにその姿がある。ものすごい美人なのだ。

このミュージカルは、最初宝塚が版権をとった。私はこの時も花總まりさんのエリザベートを見ている。白いドレス姿が信じられないような美しさであった。

そして次は東宝版で。昨年のことである。

「あの花總まりさんが帰ってくる」

と大評判であった。

花總さんは宝塚をやめてから、和央ようかさんのマネージャーをしたりして少しブランクがあった。が、東宝版エリザベートをやるにあたって、宝塚の発声を徹底的に直したそうだ。この時はもう四十を過ぎていらしたのに、冒頭のシーンの可愛かったこと。おてんば少女だったエリザベートそのものなのだ。一緒に行った友人などは、

「この人、花總さんによく似た子役じゃない」

と言ったぐらいだ。

劇が進むにつれ、少女は皇后になり、やがて苦悩する中年女になっていく。この演技も素晴らしかった。

そして今回、花總さんの歌唱力はさらに進化。高音部の透きとおる美しさといったらない。しかもますます美貌が輝いているのだ。ずっと別居している老いた皇帝夫妻が歌う「夜のボート」など、人生の深みが出ていた。思わず涙が出てきましたよ。

私だけでなく、感動した満員のお客さんは、全員スタンディングオベーション！

私は美穂ちゃんと楽屋に行き、バスローブ姿の彼女に、

「やっぱりエリザベートは花總さんのものだね」

という昨年と同じセリフを。だって本当にそう思っているからこう続けた。

「もうこれって『放浪記』だよね」

そう、森光子さんが長年やって磨き抜いた名作だ。花總さんにはお婆さんになってもやってもらわなくては。

ところでこのミュージカル、皇太子役を京本大我クンが演じている。京本政樹さんの息子さんだが、その美形なことといったら息を呑むほど……。金髪に青い皇太子の

服がぴったりなのだ。これまた美形の井上芳雄さんと、ラブシーンがありばっちりキスもするのであるが、私はこんな美しいボーイズラブのシーンを見たことがない！

「いやあ……本当によかったよね」

と興奮さめやらぬ私たちは、楽屋から帰るためにエレベーターを待っていた。ちなみに帝劇の楽屋というのは、専用のエレベーターが二基あって、楽屋見舞いに来る人もそれを使うことになっている。

「ところで美穂ちゃん、貴族の青年役で、ものすごいイケメンいたんだけど」

「さすがマリコさん、お目が高い。彼は○○クンといって、『テニスの王子様』で注目を浴びたんですよ。これからきっと伸びる人ですよ」

などといってたら、お化粧を落とした○○クンが通りかかった。

「ほら、マリコさん、これが○○クンですよ」

そして彼に向かって、

「○○クン、〝マリコさんチェック〟が入ったよ」

だって。恥ずかしかった。

美穂ちゃんと私とは、お芝居仲間にして旅仲間。お芝居の方はとてもついていけないけれど、年に一回海外へ行く仲だ。今年の四月に、ニューヨークに一緒に行った。

渡辺謙さんの「王様と私」を観に行ったのだ。

そして来月、私はまたブロードウェイに行くことになった。今度はお仕事で。新作のミュージカルが来日するので、観に行ってパンフレットに書いたりするのだ。関係者が一緒であるが、初対面なのでちょっと不安かも。

そうしたら今日美穂ちゃんからLINEが。

「私も誘われたんで、一緒に行ってもいいですか」

〝もちろん〟のスタンプを送った。二人ならこのあいだのようにニューヨークでお買物も出来る。「劇場の姫」と一緒なら、ブロードウェイもどんなに楽しいだろう。今年の夏休みも楽しいスケジュールで埋めてく私。そうミュージカルは教えてくれる。

「人生はとことん楽しまなきゃね」

バッグは生きもの

初めてのバッグをおろす時は、ドキドキするものである。もしかすると洋服の時よりも緊張しているかも。

というのは、

「お金に困った時に売れるかも」

とセコいことを考えているからである。

事実バッグを売ったことが二回ある。一回めは今から十年前。パリで買った未使用のクロコのバーキン。黒である。

買った、というのではないな。パリにいた人が買っといてくれたのである。レスト

ランのマダムで日本人。本当にお世話になった。今でも彼女のことを思い出すと涙が出てくる。私がパリに行くというと、空港まで迎えに来てくれて、つきっきりでめんどうをみてくれたっけ。

あの頃だってバーキンを手に入れるのは難しかった。マダムは私たちのために、一生懸命やってくれた。エルメスの店員さんたちが食事に来ると、

「私の日本の友人たちのために、バーキンの予約お願いね」

と一生懸命サービスしてくれた。

それだけではない、年に一度のエルメスのソルドの時は、朝早くから並んでくれたのだ。そんな風にして手に入れてくれたバーキンのクロコ。

「マリコさん、もうバーキンではなかなかクロコをつくらないのよ。だから貴重なの。絶対に売らないでね」

と何度も念を押された。

それなのに私は、

「黒のクロコのケリー持ってるし」

と、友人に売ってしまった。なぜなら予定納税が払えなかったから。ごめんね、マダム。あの後すぐにガンで亡くなってしまった。私のことを怒っているかもしれない。

そして二回めはついこのあいだ、

「断捨離をしよう」

と思いたち、古いバーキン二個と、シャネルの未使用のバッグを売った。それもものすごく安い値段で。

地元のスーパーの前に出来た「〇〇〇屋」。あの時たった一人の男の店員は、

「オープンして以来、エルメスを持ってきた人は初めて」

と興奮していた。そして、案の定、その店はすぐに潰れて今はない。

そんなことはまあ、どうでもいいとして、新しいバッグをおろすたびに、

「本当にこれを使っていいもんであろうか」

と、ちらっと思うクセが出来てしまった。こういうの、本当にビンボーったらしいですね。

一週間前のことである。仲よしのホリキさん、中井美穂ちゃんたちとランチをした。ニューヨークでとてもお世話になった、世界的メイクアップアーティスト、AYAKOさんが一時帰国している。みんなで昼ごはんを食べようということで、青山に集まったのだ。

おしゃれな女友だちとごはんを食べるというのは、ものすごく気を遣う。いろいろ

チェックが入るからだ。

私は濃紺のワンピにターコイズのネックレスをしていった。それを見てＡＹＡＫＯさんが言う。

「あら、それって、ニューヨークで買ったターコイズのバッグとすごく合うじゃないの。アクセとバッグが同じだなんて、すっごくおしゃれだよ」

それで思い出した。ニューヨークのデパートで、持ち手にターコイズをちりばめたヴァレンティノの最新のバッグを買ったことを。いいえ、忘れていたわけじゃない。ただ、いつもの、

「新品使うのびくびく」

の心が消えていないからだ。

そして私は、再びあのシーンを思い出す。そお、ニューヨークの郊外のアウトレットだ。ＡＹＡＫＯさんは、昨年のヴァレンティノのバッグをお買上げになった。そしてカードを出し、やがて引っ込めた。

「チェンジ・マインド」

気持ちが変わっちゃったからやめておくわ、と言ったのだ。ＡＹＡＫＯさんは後で言った。

「昨年のバッグに、あんな大金を払えないわ」

そうだ、バッグは生きものなんだ、と知った時である。使わないと、どんどん価値は下がっていくのだ。

が、唯一下がらないものがある。そうバーキンだ。私はかつて、

「バーキンは女の貨幣である」

という名言を残している。バーキンは使っていても高く売れる。

「金利ゼロのこの時代、金よりもいいかも」

と言った友人がいるぐらいだ。

先日、着物の代金が重なった時、本当に資金繰りが苦しく、三年前にパリ本店で買ったバーキンに手をかけようとした。ネットで値段を調べたぐらいだ。四十五センチのクロコ！　ほとんど使っていない。しかし秘書のハタケヤマの、

「もう少し頑張りましょう」

の言葉で思い直した。しかし今も使ってない。これって……。

ブーツと桃のハナシ

ジムと漢方のおかげで、じわじわと痩せてきた私。

先日、プラダでとても素敵なレースのプリーツスカートを買ったところ、あらかじめ店員さんから、

「六センチ出せますから」

と言われた。しかしはいてみるとぴったりではないか。

私はこの三ヶ月の自分の努力を思った。週に二回から三回、駅前のジムに通い、時にはトレーナーについて体をしぼった。

「人間やれば出来る」

私のような根性なしのだらしない人間でも、見よ、やれば出来るのだ。

昨日は私がホステスをつとめる、「週刊朝日」の対談で中村獅童さんにお会いする日であった。私はさっそくこのスカートをはき、一緒に買ったフリルのついたTシャツを着た。どちらもおろしたて。大ファンの獅童さんにお会いするのだからあたり前だ。

立ち話をしたことはあるが、ちゃんとした話をするのは初めて。私は獅童さんのカッコよさに呆然となった。

黒いスーツに赤いTシャツ。ふつうならちゃらくなるのであるが、背が高くて顔が小さいのでものすごく似合う。それに履いている黒いブーツの素敵なこと。歌舞伎俳優で、これほどファッショナブルな人はいないのではなかろうか……。感じよく、人懐っこい笑顔に、私はもうボーッとなってしまった。

何度でも言うが、夏の黒革のブーツ、本当に似合っている。こういうのを履きこなすのが本当のおしゃれさんであろう。

その対談のあと、私は劇場に向かった。小池徹平さんと三浦春馬さんとのW主演で、ミュージカル「キンキーブーツ」の初日なのだ。

ドラァグクイーンに扮した三浦さんが現れた時、劇場中大きなどよめきが起こった。

華やかなオーラがあり、圧倒されるような美しさである。そして何より、

「ドラァグクイーンまんま」

身のこなしから視線まで、すべてあの種の人。

ミュージカルの後、興奮さめやらない中井美穂ちゃん、ホリキさん、AYAKOさんたちで居酒屋に入った。みんな、

「こんなの見たの初めて。すごい」

と口々に言う。そして私たちは女なので、

「あんな十二センチのヒールで踊りまくるの、どんなに大変か」

そのことに集中した。ドラァグクイーンの三浦さんは、ラメがちりばめられた真っ赤なブーツ、星条旗模様のブーツと、いろんなブーツを履く。細い細いヒール、しかも三浦さんは難なく踊ってみせるのだ。完璧に。

そしておそらくジムで鍛えたに違いない、ものすごい筋肉である。長身であるから女装するとその迫力と言ったらない。

「三浦春馬って、すごい俳優なんだねー」

とみんなの考えが一致した。

もちろん、もう一人の主演、小池徹平さんも実にうまい。ナイーブな青年役がぴっ

たりで、抜群の歌唱力がぐっとくる。

お客さんもノリノリで、ずっと手拍子と歓声が続き、スタンディング・オベーションも総立ち。みんななかなか帰らない。あまりにも感動して、帰りたくなくなったのであろう。

昨日は一日のうち、二つすごいブーツを見た。ひとつめは獅童さんの夏の黒い編み上げブーツ。それからふたつめは、春馬さんの真っ赤にキラキラ輝くラメのブーツである。

ところで今日は、恒例の桃食べツアーであった。担当の編集者四十人ぐらいで、毎年私の故郷山梨へ出かける。そこの桃畑で桃をもぎ、食べまくり、その後、石和《いさわ》温泉で宴会をするという日帰りツアー。

最近このコラムによく登場する、ニューヨーク在住のメイクアップアーティスト、AYAKOさんがたまたま日本に帰っていた。

「私、この世で桃がいちばん好きなの。ぜひ参加したいわ」

ということで昨日に引き続いてお誘いした。緑の桃畑に、都会育ちのAYAKOさんもとても楽しそうであった。

そして宴会のたけなわ、ふと気づくとAYAKOさんのまわりに女性編集者たちがびっしり集まっていた。急きょメイクアップ教室が開かれたのだ。

「わかっていたら、ちゃんとメイク道具を持ってきたのに」

と残念そうにしながらも、ＡＹＡＫＯさんは手持ちのもので、希望者たちにメイクをしてくれた。ちょっとアイラインを引き、色をつけただけで、まるっきり顔が変わるＡＹＡＫＯマジックにみんなびっくり。ふだんだったらものすごいギャラで、ハリウッド女優にメイクをする人なのに、すごく楽しそうにみんなにいろんなことを教えてくれた。これも桃のおかげである。

ブーツに桃、まるっきり関係はない。ただこの二日間、私に深くかかわった二つのもの。

アイラインで激変！

以前はよくニューヨークに出かけていた。自分でも住みたいと思ったことがある。独身の頃だ。何を見ても楽しかったし、おしゃれなもの、最新のものもいっぱい。見かけで入場者を決めるダウンタウンのディスコ（当時はそう呼んでた）にも何度も行き、ちゃんと入れてもらいましたよ。

しかしあちらに住む日本人女性と会ったり、取材していくうち、考え方が変わった。みんな口を揃えて言う。

「ニューヨークで暮らすには、とにかく強くなくてはいけないんですよ。ものすごい

この私ー
アヤコさんに
メイクがうまいと
ほめられました。

競争社会で、ぼやぼやしていたらすぐにはじき出されます。ここはサクセスした人じゃなくちゃ、楽しく生きていけません」

「もう日本に帰っても、強くなり過ぎて生きていけないかも」

と語る日本人女性は、カメラマン、スタイリスト、デザイナー、アーティスト、バンカーといった人たちで、それはそれはカッコよかった。毅然と胸を張っていて、みんなスタイルがよくおしゃれ。

「ここは見かけで人を判断する街です。太ってたり、ダサいのはタブーです」

あまりにも耳に痛いことをいっぱい聞いて、私はすっかりおじけづいてしまったのだ。

私のように日本で、ゆるーく生きている女、根性なしのテキトウ女は、とてもこの街で暮らしていけるはずがない。たまに遊びにくることにしようと、尾っぽを巻いてキャンキャン帰ってきたことがある。

そんなわけで、

「ニューヨークに長く住み、世界的に活動している」

というAYAKOさんには、最初からビビってたかも。自分とはまるで違う人。あちらでサクセスストーリイを手に入れた、ほとんどアメリカ人のような人、と思っていたのである。

ところが会えば会うほどびっくり。今どきの日本の女性（なんて書くこと自体偏見に充ちているのだが）にもちょっといないほど、心遣いの出来る温かい人柄の女性なのだ。

桃もぎに行ったバス旅行に、たまたま帰国中のＡＹＡＫＯさんをお誘いしたところ、

「山梨に行くのは初めて。すごーく楽しみ」

と喜んで来てくださった。

そして宴会の最中、図々しい一人の女性編集者が、

「私のメイクどうですかね」

と聞いたところ、前号でお話ししたとおり、たちまちメイク教室が始まったのである。ふつうなら、

「ちょっとォ、ニューヨークで私のギャラ、いったい幾らだと思ってるのよっ」

とスルーするところであろう。ところがＡＹＡＫＯさんは、一人一人の質問に答え、何人かにちゃんとメイクをしてくれた。たった一本のアイラインで、劇的に変わる女性たち。某出版社のＡ子さんは、あまりにもセクシーになり、みんながどよめいた。

「あなた、もともと美人なんだから、すごい変わるのね！」

と私が誉めたら、ひとりでへんなポーズをつけ始めた。そしてなぜか私と宝塚の名場面を踊り始めたのだ。

その時AYAKOさんから嬉しいお言葉が。

「今日、二十五人ぐらい女性がいるけど、いちばんお化粧がうまいのはマリコさんね」

えぇー、嬉しい！　私など、いつもかなりの手抜き化粧なのに……。

「自分の顔立ちをよくわかっている。目鼻立ちが大きいから、ファンデーション塗るとすごく厚化粧に見える。だから、ノーファンデにしてるところがいい。それから口紅の色も自分に合ってる」

これって、AYAKOさんがくれたもの。ご自身がプロデュースしているあの人気化粧品、アディクションから私の色を選んでくれたその一つ。本当にありがとう。

AYAKOさんは、

「女の人がこんなに喜んでくれるの見るの、本当に嬉しい。私の生き甲斐なの」

とニコニコしていたっけ。

さすが流行にめざとい女性編集者たち。その時アディクションを使っている人たちは四名いた。そして次の日、アイライナーを買いに走った人多数。

私もあのバス旅行以来、必ずアイラインを入れるようにしている。

「AYAKOさん、私は下のラインも入れた方がいいかしら。私はどちらかというと、黒目が小さい三白眼に近い目。下のラインはいつもやめているんだけど」

と宴会の時質問したら、

「入れるべきか、入れない方がいいか、とにかくやってみないとわからない。今度私にメイクやらせてね」

という約束をもらっちゃった。

ところでもう古い話になるが、都知事選の最中、小池百合子さんが「大年増の厚化粧」とひどいことを言われていた。が、灼熱の下、外に立ちっぱなしになるなら、日焼け防止のために厚いファンデも仕方ないかも。

「厚化粧」というのは、男から女に投げかける悪口である。が、私はノーメイクの人よりずっと好き。そしてわっとメイク教室にむらがる女性、アイライナーをすぐに買う女性をいいなあと思う。AYAKOさんと同じはず。

本書は、２０１７年6月に小社より刊行された単行本を文庫化したものです。

マガジンハウス文庫

美女《びじょ》は飽《あ》きない

2020年6月25日　第1刷発行

著者　林《はやし》　真理子《まりこ》
発行者　鉄尾周一
発行所　株式会社マガジンハウス
〒104-8003　東京都中央区銀座3-13-10
書籍編集部　☎03-3545-7030
受注センター　☎049-275-1811
印刷・製本所　中央精版印刷株式会社
本文デザイン　鈴木成一デザイン室
文庫フォーマット　細山田デザイン事務所

マガジンハウスのホームページ　http://magazineworld.jp/

ISBN978-4-8387-7105-9 C0195